くるみの冒険《ぼうけん》 I

魔法の城と黒い竜

村山早紀 作

巣町ひろみ 絵

童心社

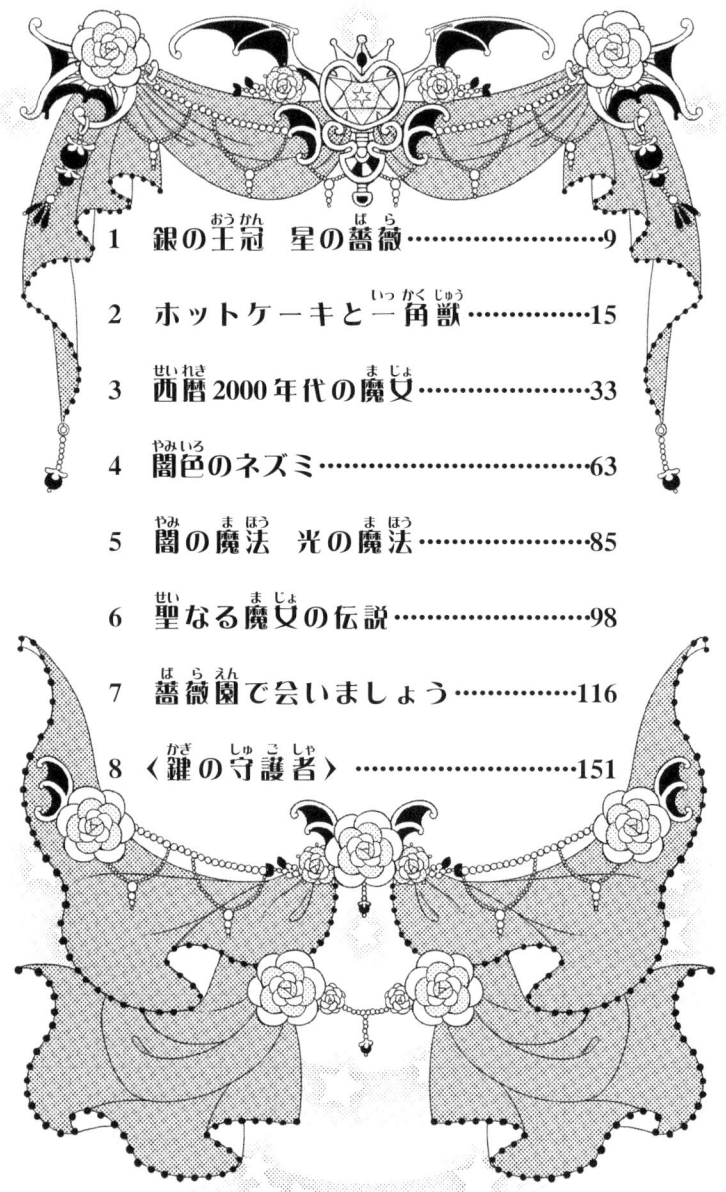

天野《あまの》くるみ

天野屋《あまのや》のひとり娘。11歳。
幼くして母親を亡《な》くし、
父・草太郎と
ふたり暮《く》らし。
〈鍵《かぎ》の守護者《しゅごしゃ》〉
となる運命を
受け入れる、
魔女《まじょ》の血を
受け継ぐ少女。

ケティ くるみを守る使《つか》い魔《ま》。

天野草太郎《そうたろう》 くるみの父親。

〈蒼《あお》の妖精国《ようせいこく》〉の姫《ひめ》
「悪《あ》しき」精霊《せいれい》たちと戦う妖精国の姫君《ひめぎみ》。

エルザ くるみの曽祖母《そうそぼ》。

プロローグ　〜奇跡《きせき》〜

わたしは　いつだって夢《ゆめ》見てる
いまよりほんのわずか　たくさんの幸《しあわ》せ

たとえばそれは
いつも必ず失敗しちゃうホットケーキが
完璧《かんぺき》に丸く　一センチも焦《こ》げずに
きれいなきつねいろに焼きあがるような
あと少しで　届《とど》かない
奇跡《きせき》

たとえばそれは
雨降りのあとの空が
すっきりと晴れあがっていて
公園の花壇《かだん》の花が
みんな元気に咲《さ》いていて
通りをいくひとたちや
路地《ろじ》を歩く猫も　電線のすずめも
みんな元気で　うたっている朝

通りのどこからも
泣いている声がきこえなくて
誰《だれ》も　けんかしたりしていなくて
テレビのニュースでも
悲しい話題がないような

一日でも　一瞬《いっしゅん》でもいいから
その瞬間《しゅんかん》は
悲しんでいるひとや
傷《きず》ついている誰《だれ》かが
世界にいなくなるような

そんな奇跡《きせき》が
かなう魔法《まほう》があるならば
わたしは　魔女《まじょ》になりたい

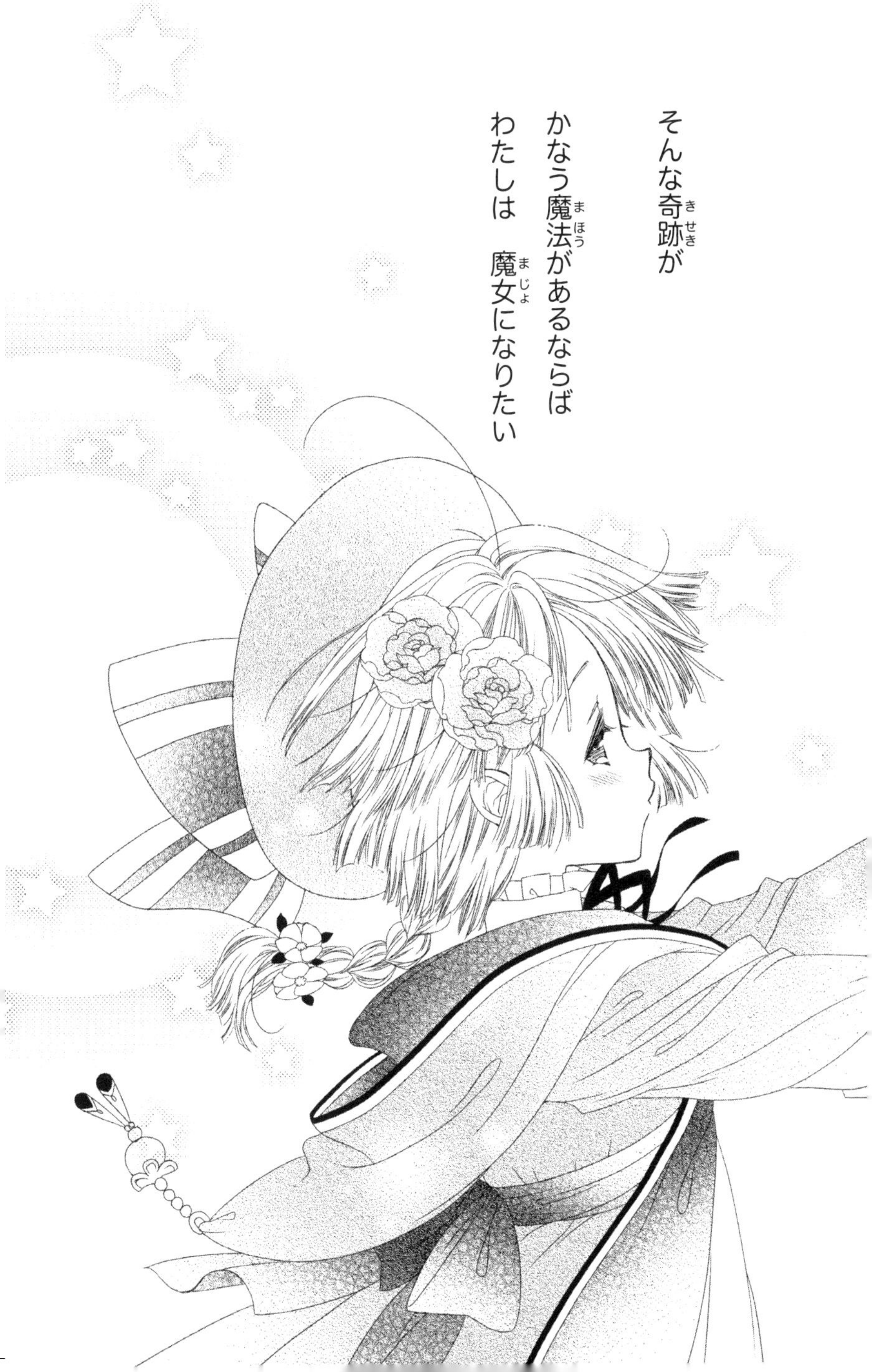

1　銀の王冠《おうかん》　星の薔薇《ばら》

夢《ゆめ》を見ていた。

とてもきれいな夢《ゆめ》を。

途中《とちゅう》で、オルゴール時計が朝だよって教えてくれたから、目が覚《さ》めちゃったけど。

気がつくと、光が部屋いっぱいだった。

五月って、朝の光がとびきりパワフルな気がする。

レースのカーテン越《ご》しの光が、木の床《ゆか》やソファや、床《ゆか》においている古いトランクや、本棚《ほんだな》や机《つくえ》を、きらきらと光の波で洗《あら》うみたいに輝《かがや》かせてる。

月曜日の朝。新しい一週間の始まり。

「うう。まぶしいよう……」

わたしはオルゴールの音色をききながら、ベッドのなかで、目をこすった。

流れる曲は、「いつか王子様が」。古い木でできた目覚《めざ》まし時計を、わたしはベッドから手を伸《の》ばし、抱《だ》きしめて、止めた。

「夢《ゆめ》、もっと見てたかったのにな……」

ためいきをついて、ベッドに腰《こし》かける。

夢《ゆめ》。きれいな、夢《ゆめ》。

まぶたの裏《うら》に、ちらちらと記憶《きおく》が残《のこ》ってる。

夜の空。吹《ふ》き渡《わた》る風。上空に光る月。

月の光を受けて咲《さ》く一面の小さな白い薔薇《ばら》は、星がともるように銀色に見えていた。地上に銀色の星雲が広がってるみたいだった。

そのなかに、ガラスかな、水晶《すいしょう》かな？　氷みたいに透《す》き通るものでできた、お城があった。

お城の中庭には、小さな建物があった。えっと、あれはたしか「あずまや」っていうんだったと思う。壁《かべ》とかなくて、庭の草花のなかに、そっと建っている小さなあずまや。

「やば。遅刻《ちこく》しちゃう」

わたしは抱《だ》いたままになってた時計を枕元《まくらもと》の棚《たな》にもどして、あわててパジャマをぬいだ。

枕元《まくらもと》には、ママの写真がある。わたしが赤ちゃんのときに病気で死《し》んじゃったママ。はるかさん。写真のママはとても美人で、いつも笑ってる。

わたしはパパ似《に》だから、そのへんちょっと悲しいけど、ママの笑顔《えがお》は大好きだ。

「おはよう、ママ。今日もがんばるね」

わたしはママのことはなんにも覚《おぼ》えてない。でも、ママに、死語《しご》でいうところの「ぞっこんラブ」だった（あ、現役《げんえき》でいまも超愛《ちょうあい》してるらしい）パパからいろんなことを、いーっぱいきいてるから、いろんなことを知ってるんだ。

ママの口癖《くちぐせ》が、「がんばる」だったってことも、がんばるひとが好きで、そういうひとを見ると、いつも応援《おうえん》してたってこともね。

わたしは洋服に着がえて、もう一度、ママの写真に、話しかける。手を振《ふ》る。

「いってきます。がんばるから応援《おうえん》してね」

がんばるってなにをって？

いろんなことを。

生きてるとけっこういろいろと、がんばることってあるものだよね。小学五年生でもさ。

部屋の扉《とびら》を閉《と》じるとき、ふと思いだした。

「あのお姫《ひめ》様、ママに似《に》てた……」

ガラスのあずまやには、お姫《ひめ》様が眠《ねむ》っていた。わたしより少し年上くらいの、お人形みたいにかわいらしい女の子。……お姫《ひめ》様だってわかったのは、銀色の王冠《おうかん》が、そのひとの金色の髪《かみ》の上で輝《かがや》いていたから。ちりばめられた宝石《ほうせき》が輝《かがや》く長い金色のドレスを、そのひとが着ていたから。

月の光がいっぱいに満《み》ちて、夜の風が吹《ふ》き渡《わた》る薔薇《ばら》の庭で、ガラスのあずまやのベッドで、そのひとは、長い髪《かみ》を風《かぜ》にそよがせて、静かに眠《ねむ》ってた。

（楽しい夢《ゆめ》を見てるみたいだった）

そっとほほえんで。

そうだ。あのお姫《ひめ》様は、ママに似《に》てた。

だからだったのかなあ?
初めて会ったはずのひとなのに、知ってるひとのような気がしたのは。
昔《むかし》、どこかで会ったことがあるような気がしたのは。

2　ホットケーキと一角獣《いっかくじゅう》

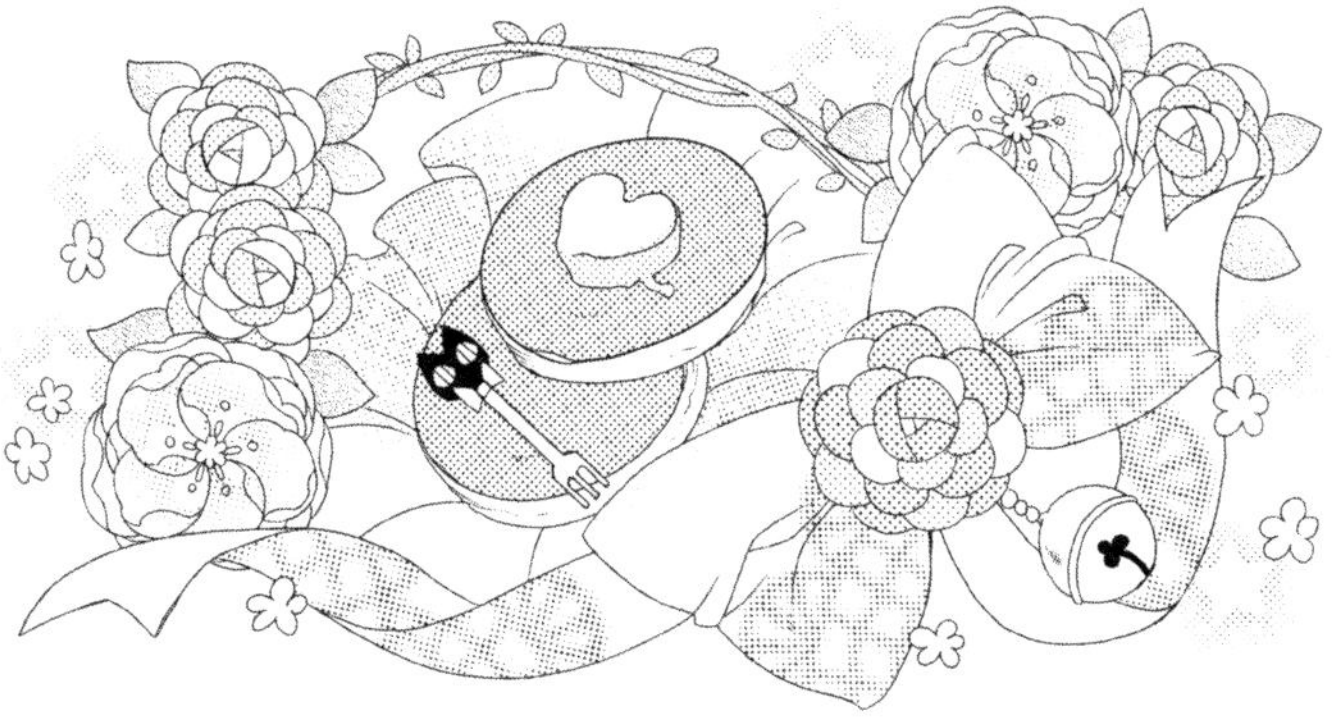

部屋を出たとたん、一階のキッチンのほうから、いいにおいが漂《ただよ》ってくる。いれたてのコーヒーと、焼きたてのホットケーキのにおい。

「おはよう、パパ」

わたしは階段を駆《か》け下りて、キッチンののれんをくぐる。アンティークの竹でできたのれんはころんころんときれいな音をたてる。

うちのお店、天野屋《あまのや》は代々《だいだい》続く、古い雑貨屋《ざっかや》さんで、骨董品《こっとうひん》も扱《あつか》ってるから、こういった昭和《しょうわ》レトロ（なんだって）なアイテムは、お店だけじゃなく、家のほうにもたくさんある。

一階のキッチンは、そのままお店ともつながってる。いまは開店前だから、お客さんはいないけど、パパがいる調理台《ちょうりだい》の向こうは、そのままお店になってるんだ。規模《きぼ》は小さいけど、カフェもやってるの。パパの入れる黒糖《こくとう》入りのカフェオレはふわふわして、そりゃもうおいしいんだ。天野屋《あまのや》のカフェオレは、この西風早《にしかざはや》の街《まち》で一番のカフェオレだ、なんてタウン誌《し》やいろんなブログでいわれちゃってるくらい。テレビで紹介《しょうかい》されたこともあるんだよ。

ついでにいうと、わたしのパパ、天野草太郎《あまのそうたろう》さんは、「イケメン店長さん」ということになってる……らしい。その件《けん》については、わたしは、ひとのうわさやネットの情報《じょうほう》ってあてにならないってことのいい例だって思ってる。

パパはわたしがテーブルにつくと、「おはよう。今日もいい朝だね」っていいながら、焼きたてのホットケーキのお皿をおいてくれた。誰《だれ》かのブログに書いてあった、「いやし系《けい》の笑顔《えがお》」っていうのは、まあその通りかなって思う。

エプロンと香草《ハーブ》と雑貨《ざっか》がよく似合《にあ》う、ちょっとわりとどっちかというと少しだけ、さわやかで、すてきなパパ……なのかもしれない。

「ありがと、パパ。わあ、今朝《けさ》もおいしそう」

ふんわり丸くて、すてきにきつね色のホットケーキ。甘《あま》いバニラと卵の香《かお》り。生《なま》クリームとチェリーと四角いバターが、のってる。

ほわあっと、幸《しあわ》せ気分が胸《むね》に広がる。お皿の横にパパが、カフェオレをおいてくれた。朝の光のなかにほわほわと漂《ただよ》う湯気《ゆげ》が、わたしの幸《しあわ》せ気分をさらにいっぱいにする。

「ねえ、パパ？」

わたしはホットケーキを古い銀のフォークとナイフで切りながら、きいた。

「パパはどうして、いつもこんなに上手《じょうず》に、おいしそうなホットケーキが焼けるの？」

ホットケーキは大好物だから、いつも自分でも焼こうってするんだけど……いっつも必ず、どこかしら失敗しちゃうんだ。パパだったら、鼻歌交《はなうたま》じりに、かんたんそうに作っちゃうのにな。

「それはね。ずばり、『愛《あい》』かな？」

パパが、にっこりと笑っていった。白い歯がさわやかに、きらりと光って見えた。まるでヒーローのように。……錯覚《さっかく》かな？

「……あ、あい？」

「わが最愛《さいあい》の愛娘《まなむすめ》くるみのために、美味《おい》しい美味《おい》しいホットケーキが焼けますようにって、心から祈《いの》るパパの思いが、芸術的《げいじゅってき》に完璧《かんぺき》なホットケーキを……」

「ううう。わかったわかった」

わたしはオペラ歌手のように愛《あい》を語り始めたパパをほったらかしにして、ホットケーキをぱくぱくと食べた。いつもさわやかなパパなんだけど、愛《あい》を語らせるとびみょーに暑苦《あつくる》しいのは、ちょっとどうにかしてほしい。

考えてみたら、今日はちょこっとだけ、起きてくる時間が遅《おそ》かったから、わたしには、朝食をまったり食べてる時間なんかないんだった。

でも食べながら、なんとなく、今朝《けさ》の夢《ゆめ》の話をした。お姫《ひめ》様とお城の夢《ゆめ》。

パパは流しで、開店準備《じゅんび》のための洗《あら》い物をしながら、楽しそうにふりかえった。

「ガラスか水晶《すいしょう》でできた、透明《とうめい》のお城、ねえ」

「うん。月の光にきらきらしてて、とってもきれいだったんだよ。白薔薇《ばら》もきれいで、あずまやもお姫《ひめ》様も、ほんとうにきれいで……」

「ママに似《に》てるっていうお姫《ひめ》様かあ」

パパの目が、うっとりと遠くを見る。

「はるかさんは——ママは、実際《じっさい》、お姫《ひめ》様のようなひとだったからねえ。そりゃあきれいだった。高校時代、学校の図書館で、ママと初めて出会ったときに、パパはねえ、この世にこんなに美しいひとが存在《そんざい》していたのかと……」

「パパ、カフェオレおかわり」

わたしはマグカップを差し出した。適当《てきとう》なところで止めておかないと、ママの思い出話はエンドレスになっちゃうんだ。

パパは笑顔で、はいはいとおかわりをついでくれながら、部屋に飾《かざ》ってあるママの写真を見る。パパは絵と写真が趣味《しゅみ》だから、ママの絵も写真も、うちにはたくさんある。それにたくさんの思い出話があるから、わたしはママというひとがどんなひとだったのか、会ったことがあるんじゃないかっていうくらいに、リアルに想像《そうぞう》できちゃったりする。たまにお店の常連《じょうれん》さんたちからも、ママの話をきくことがあるしね。

パパやいろんなひとたちからきいたママの思い出話は、みんなわたしの記憶《きおく》になってる。もうすぐ十一歳《さい》のわたしのなかにある記憶《きおく》の、大切《たいせつ》な一部になってる。

ママはいつも元気で前向きで、明るいひとだった。涙《なみだ》もろくておっちょこちょいで、少しドジで、よく道でころんでたし、忘《わす》れ物もした。お店のお客さんや街《まち》のひとたちや犬猫鳥にも好かれていて、いつもひとりじゃなくて、誰《だれ》かのそばで笑ってた。……だからママが病気で死んじゃったときは、街《まち》じゅうのひとが悲しんで泣いてくれたんじゃないかってくらい、たくさんのひとがお悔《く》やみをいいにきてくれた、とか。

ママは幸《しあわ》せなひとだったんだと思う。好きなひとや好きなものがいっぱいあって。たくさんのひとに愛《あい》されてて。パパはそうだっていったし、残ってる絵も写真もみんな笑顔だ。

そもそもこの家とお店は、昔《むかし》に一度、戦争で焼けて建て直したりはしたらしいけど、ママのご先祖様《せんぞさま》が先祖代々《せんぞだいだい》住んでたって場所にある家で。つまりこの家でママは、子どもの頃《ころ》から死ぬまで暮《く》らしてたわけで。だから、部屋の隅々《すみずみ》に、ママの気配みたいなものを感じるような、そんな気がすることもあるんだ。

目を閉《と》じれば、ほら。

ママがすぐそばにいるような気がしたりする。小さい頃《ころ》は、そんなふうにして、ママと会話したりしてたこともあった。返事はない会話でもね。ママがいるつもりになって。

でも、大きくなるごとに、少しずつ、うちにはママがいないって現実《げんじつ》を生きていこう、みたいな覚悟《かくご》ができてきてたんだけどね。

わたしのママはこの家にいない。でも、すてきなママだったんだから、いいじゃないか、わたしは幸《しあわ》せだ、って。

でもほんとはね、ほんとは……。

わたしは、ママに会ってみたかった。

赤ちゃんのとき、ママの胸《むね》で抱《だ》かれてる写真はあっても、いまのわたしは、ママのにおいも暖《あたた》かさも声も、知らないんだ。

たくさんの絵と、たくさんの写真と、どんなにたくさんの笑顔にかこまれてても。

「十一歳《さい》の誕生日《たんじょうび》プレゼント、なにがいい？」

ふいにパパがきいた。

「え？　ええと……」

そう。今週の木曜日が、わたしの十一歳《さい》の誕生日《たんじょうび》。それは嬉《うれ》しいことなんだけど。誕生《たんじょう》

プレゼントにケーキだわあい、きっとおいしいぞ、っていう感じで。

でもだけどしかし、いまは。

わたしは壁《かべ》の時計を見ながら、マグカップのなかのカフェオレを飲みほした。やば。ゆっ

たり感傷《かんしょう》にふけってる時間ないんだった。

ばたばたと身支度《みじたく》を整《ととの》えながら、わたしはパパに答えた。

「考えとく」

いってきます、と、玄関《げんかん》の扉《とびら》を出かけて、

「……あ、でももしかして。うちのお店にあるものでもいいかな？」

「いいよ」

パパさんきゅ。それなら候補《こうほ》はあるんだ。

「パパ、わたし、一角獣《いっかくじゅう》がほしい」


学校までの道を駆《か》けながら、わたしはふわふわはずむ思いで、えへへと笑ったりしてた。

やった。あの一角獣《いっかくじゅう》、ずっとわたしといっしょなんだ。お別れしなくていいんだ。

お店の薄暗《うすくら》がりのなかで、静かにたたずんでる、古い一角獣《いっかくじゅう》のぬいぐるみ。小さい子向けの木馬《もくば》みたいな大きさの、古いドイツのぬいぐるみ。毛並《けな》みとかはもうぼさぼさなんだけど、青いガラスの目が海みたいにきれいで。目と目をあわせてると、時間を忘《わす》れちゃう。

それにあの目には魂《たましい》があるような気がするんだ。話しかけてくれてるみたいな。

不思議《ふしぎ》だよね。作り物の人形、中身にはかたくて重い藁《わら》がぎっしり詰《つ》まってるだけだって、わかってるのに、でも生きてるみたいな気がするんだ。

うちは骨董品《こっとうひん》と雑貨《ざっか》のお店だ。いままでにも何度か、そんなふうに、話しかけられてるような気持ちになるものがきたことがあった。人形や小物や、時計や指輪《ゆびわ》。お店のなかをわたしが通るたび、棚《たな》から、わたしに挨拶《あいさつ》したり、歌をうたったり、話しかけようとするような……ええとまあ、錯覚《さっかく》だと思うんだけども、ふりかえると消えちゃう、かすかな声なんだけど、そんな気配がすることがある。誰《だれ》もいないはずの店内がありえない気配で、ざわめいているような気がすることとかも。

うん。錯覚《さっかく》なんだと思うんだけど、特に最近、そう思うことが増《ふ》えてきてるんだ。気のせいかな。気のせいだって思いたいんだけど。

だってちょっと怖《こわ》いじゃない？　ふつう人間は、ものと話したりしないよね？　ものの

歌声をきいたり挨拶《あいさつ》されたりしないよね？

とにかく、そういうおしゃべりな品物ほど、お客さんとの出会いが早くて、知らないうちに、すうっと売れていって、お店から消えてたり、どうかするとわたしの目の前で笑顔《えがお》のお客さんに引きとられて、楽しそうにわたしだけにきこえる声でうたいながら、パパに包《ほう》装《そう》されて、さよならしていったりするんだ。

お別れはちょっと悲しいことだけど、みんな幸《しあわ》せそうだから、さよならもしょうがないかなと思ってた。でも、あのドイツの一角獣《いっかくじゅう》とだけは……さよならしたくなかったんだ。

さっきパパは、わたしのお願《ねが》いをきいたあと、あごに手を当てて、難《むずか》しい顔をした。

「あの一角獣《いっかくじゅう》か。さすが我《わ》が娘《むすめ》、いい目をしてるといいたいところなんだが。うーん。あのぬいぐるみのどこが気に入ったのかい？」

「えっと」

わたしは扉《とびら》の前で、ちょっと迷《まよ》った。

「……あの一角獣《いっかくじゅう》がね、その、ずっとここにいたい、わたしの友だちになりたいって、いってるような気がするから……なんだけど」

「ぬいぐるみが、そういってるのか？」

「うん。そんな気がするだけ、なんだけどね。あと、『魔法《まほう》っぽい』感じがして……」

魔法《まほう》っぽい、その言葉はそのとき自然に口からこぼれてた。自分の耳できいて、ああそれであのぬいぐるみが気になるんだ、って、自分で気づいてた。

あのぬいぐるみは、『魔法《まほう》っぽい』。ふつうに世界にあるものじゃなくて、なんていうか……物語の世界や伝説《でんせつ》の世界から、こっちの世界にやってきた存在《そんざい》みたいに思えるんだ。

『魔法《まほう》っぽい』かあ……」

パパは懐《なつ》かしそうに、でも少しだけさみしそうに笑った。

「ママがよくそういう言いかたをしてたなあ。店にちょっと不思議《ふしぎ》な品がきたときや、庭にきれいな花が咲《さ》いたとき、空がすてきな夕焼けや朝焼けにおおわれたときなんかにね、『魔法《まほう》っぽい』って。どういう意味なのかは、パパにはよくわからなかったけど、そういうときのママは、いつも楽しそうで、幸《しあわ》せそうだったなあ。

ママは、『魔法《まほう》』の世界に生きてるひとだったな。草花の妖精《ようせい》や風の精《せい》の声がきこえるっていってたこともあったし、それで明日の天気を当てたり、お客様がなくしたものがどこにあるか当ててみたり。元気になるような香草茶《ハーブティー》のブレンドを作るのも得意《とくい》だったな。お客様たち、みんなママのブレンドのお茶を飲むと元気になるっていっていたっけ」

「あ、お客さんからきいたことある。同じブレンドでも、ママが入れたお茶じゃないと、元気になる『魔法《まほう》』きかなかったんでしょ？」

前に呉服屋《ごふくや》のおじいちゃんが、お店でタンポポのお茶を買いながら、わたしに話してくれたんだ。ママがいれてくれたお茶を飲むと、痛《いた》む腰《こし》もちゃんと伸《の》びたし、こった肩《かた》も軽くなった、あれはどういう『魔法《まほう》』だったんだろうねえ、って。もうあんなに効《き》く薬には出会えないよって、ほほえんで。

「ママは『特別《とくべつ》な存在《そんざい》』だったからね」

パパは、優《やさ》しい声でいった。

「ママはパパにね、自分のことを、『魔女《まじょ》』だっていったことがあるんだ。これは誰《だれ》にもないしょね、って笑いながら」

「ま、魔女《まじょ》ぉ？」

冗談《じょうだん》かと思った。ママかパパの。

でも、パパはまじめにうなずいた。

「ママはそういった。自分はあんまり才能《さいのう》がない魔女《まじょ》だけど、でも魔女《まじょ》の血を引いているから、『魔法《まほう》っぽい』ことはできるのよって。先祖《せんぞ》がドイツの魔女《まじょ》だったたっていってたよ」

ママのおばあちゃんにあたるひとは、昔《むかし》にドイツからきた女のひとだった。世界を旅する旅行の途中《とちゅう》でこの街《まち》にきて、若《わか》い頃《ころ》のおじいちゃん（つまり、わたしにとっては、ひいおじいちゃんにあたるひと）と出会って恋《こい》をして、この街《まち》で暮《く》らすようになったんだって。

それはちょうど日本がいろんな国と長く戦争をしていた時代で、街《まち》のほとんどが焼けたその戦争のせいで、そのひとは亡《な》くなってしまったんだそうだ。街《まち》が空襲《くうしゅう》で焼けたとき、近所の小さな子どもたちと自分の赤ちゃんをかばって、ひどい火傷《やけど》をして、その火傷《やけど》がもとで、終戦の年の夏に死んでしまったんだって。

ママに似《に》たきれいな女のひとの写真が一枚、残ってる。古いセピア色の、ひいおじいちゃんが撮《と》った写真。黒いかわいい子猫を抱《だ》いた、優《やさ》しそうな笑顔《えがお》の写真。額《がく》に入れられて、階段の横の壁《かべ》に、いつも飾《かざ》ってある。エルザさん。わたしのひいおばあちゃん。

そんなことあるわけないけど、もしママが魔女《まじょ》だったら、あのひとも魔女《まじょ》だったってことになるのか。エルザさん。そのひとの血を引いている証拠《しょうこ》に、わたしの髪《かみ》も赤い。

パパは、そっと話し続ける。

「『誰《だれ》にもないしょの、おとぎ話みたいに不思議《ふしぎ》な言い伝えが一族《いちぞく》に伝わっているから、いつかそのときがきたら、みんなパパに話すわね、その日を楽しみにしててね』って、そう約束《やくそく》してた。……でも、ママは、急に天国《てんごく》にいってしまったからね、パパはその話をきそこねてしまったんだ」

ママのないしょの話ってなんだったんだろう？　ママの両親、おじいちゃんおばあちゃんなら知っていたのかもしれない。でも、民俗学者《みんぞくがくしゃ》と画家《がか》だったふたりは、ママが死んだあと、この店をパパとわたしに譲《ゆず》って、外国にいったきりになってしまった。それきり帰ってこない。遠いどこかの国の湖で行方不明《ゆくえふめい》になったって知らせが、だいぶ前にうちに届《とど》いた。でもそれと前後して、他の遠い国の山の上で、村のひとたちと古代《こだい》の遺跡《いせき》を発掘《はっくつ》しているらしいって知らせも、知り合いのひとからあったりしたので、ほんとうのところはわからないんだ。おじいちゃんとおばあちゃんが、いまどこにいてなにをしてるのか。

わたしにはふたりの記憶《きおく》はあまりないけど、ほんわかして、よく笑う、いいひとたちだったということはおぼえてるから、元気で、きっといつか帰ってきてほしいって思ってる。

はは、とパパは笑った。

「まあないしょの話の続きは、いつか天国《てんごく》で、ママにきくからいいのさ。……おっと、『誰《だれ》にもないしょ』の約束《やくそく》を、しゃべっちゃったけど、まあくるみに話したのなら、ママも許《ゆる》してくれるだろう。うん」

パパは、カウンターの扉《とびら》を開けて、お店のほうへゆき、一角獣《いっかくじゅう》のぬいぐるみを抱《だ》いてきてくれた。わたしの前に、ことりと置《お》いた。

「この子はドイツのぬいぐるみだから、くるみのご先祖《せんぞ》と、どこかで会っていたのかもしれないね。くるみを探《さが》して、ここにきたぬいぐるみかもしれない。骨董品《こっとうひん》はたまに、そんなふうに、『魔法《まほう》っぽい』ことをすることがあるんだ。まるで魂《たましい》があるみたいにね」

一角獣《いっかくじゅう》の目は、朝の光を受けて、じっとわたしのほうを見つめた。海の色の瞳《ひとみ》で。

「あとでちゃんと包装《ほうそう》してあげよう。でもとりあえず、売約済《ばいやくず》みということで、こっちにおいておこうね。これは年代物《ねんだいもの》の、かわいらしい、とても美しいぬいぐるみだから、この子を見て、ほしくなるお客様がいらっしゃったら、かわいそうだからね」

「パパ、ありがとう……」

声が少しだけ、震《ふる》えた。泣きたいくらい、嬉《うれ》しかったから。

パパは腰《こし》に手を当て、「たいしたことじゃないさ」と笑って、時計を見た。

「おっとくるみ。学校は？」

「わお」

わたしはあわてて扉《とびら》を抜《ぬ》けて、外に出た。

肩《かた》からかけたかばんといっしょに、まぶしい光と朝の風のなかに飛びだしたとき、パパの声がふっときこえた。独《ひと》り言《ごと》みたいな、声。

「……そうか。くるみはママの娘《むすめ》、魔女《まじょ》の血を引く子ってことになるんだな」

3　西暦《せいれき》2000年代の魔女《まじょ》

わたしは『魔女《まじょ》の子』、だったの？

ちょっと待って。いまっていつよ？

平成《へいせい》だよ？　西暦《せいれき》２０００年超《こ》えてるんだよ？

その時代《じだい》に……現代《げんだい》に、魔女《まじょ》、ですか？

マジですか、ってつっこみいれたいところだ。激《はげ》しくセンス悪いオヤジギャグになっちゃうけど。

朝の道を、走っていく。いつもどおりの古い商店《しょうてん》街《がい》の、煉瓦《れんが》敷《じ》きの歩道を蹴《け》る自分の足音が、遠くから響《ひび》いてきこえる。五月の空の青さが、妙《みょう》に遠い。

空気が冷たい。初夏《しょか》なのに妙《みょう》に寒い風。

うー。なんかぜんぜんリアリティないなあ。

だめだめ。うそだよ。冗談《じょうだん》だよ。だよね？

ぷるぷるっと首を振《ふ》ったら、はずみでつまずいて、ころびそうになった。通りすがりの野良猫《のらねこ》の親子が、あわてたみたいに路地《ろじ》に駆《か》けこんでいく。そのへんにいたらしいすずめたちが、ぱあっと舞《ま》いあがる。

『ちょっと、危《あぶ》ないでしょ？　気をつけなよ』

「あ、ごめん」

誰《だれ》かの声につい謝《あやま》ったけど……わたしは立ち止まって、ふりかえる。

いま話しかけたの、誰《だれ》？

朝の商店街《しょうてんがい》は、どのお店もまだシャッターを下ろしていて、扉《とびら》も閉《し》まっていて、人気《ひとけ》がない。だあれもいない。

朝の風が吹《ふ》きすぎる。

ばくばくと心臓《しんぞう》が鳴《な》っていた。

誰《だれ》かの声がきこえるのは……ものの声や、きこえないはずの声がきこえるのは、ひょっとして、わたしが『魔女《まじょ》』だから？

わたしはかばんの肩紐《かたひも》を握《にぎ》った。ぎゅっと握《にぎ》りしめた。

パパはさっき、わたしにこんなこともいった。

「ママの目にはたしかに、パパには見えないものが『見えて』いたんだと思う。パパは不《ふ》思議《しぎ》やロマンに興味《きょうみ》があっても『見えない』タイプの人間だから、ママが見ている世界をいっしょに見ることはできなかったんだけどね。

ママはパパといっしょに、現実《げんじつ》世界を生きていたけれど、同時に、『魔法《まほう》』の世界を生きていたんだ。妖精《ようせい》や精霊《せいれい》がいて、ママに話しかけてくる、おとぎ話みたいな世界をね。

そんなふうに、パパには思えていたよ」

わたしは、空を見あげる。

朝の風が吹《ふ》き渡《わた》る遠い空を。

誰《だれ》が奏《かな》でてるのかわからないきれいな音楽が、かすかにきこえた。ハープみたいな。

その音色を、前にもきいたことがあったような気がした。前って、いつのことなんだかわからないくらい、ふつうに当たり前に。ひょっとしたら赤ちゃんの頃《ころ》から、知っていたような、そんな懐《なつ》かしい、きれいな音。

「……風の妖精《ようせい》さんたちが、うたってる？」

言葉が口からこぼれだす。そのとたんに、『正解《せいかい》』だってわかる。だって、音楽といっしょに、風のなかに『誰《だれ》か』の嬉《うれ》しそうな笑い声が響《ひび》いて、ふっと消えたからだ。

わたしは自分のほっぺたをなでた。

よくわかんない寒気《さむけ》のぞくぞくと、嬉《うれ》しいどきどきが、体いっぱいにあふれてた。

「なんなの、これ？　奇跡《きせき》？　それとも錯覚《さっかく》？」

空中に、笑い声がはじける。見えない誰《だれ》かが、風のなかでさざめく笑い声をあげる。

と、商店街《しょうてんがい》の時計のからくり人形たちが、鐘《かね》を打って時を告げた。

「ああ、ほんとに遅刻《ちこく》しちゃうよ」

わたしは走り始めた。まとわりつく風のなかに、かすかな笑い声や音楽を感じながら。

ママにも、いろんな声がきこえてたんだろうか？　こんなふうなきれいな音楽も、妖精《ようせい》たちの笑い声も、きこえていたりしたんだろうか？

こんな不思議《ふしぎ》な『魔法《まほう》っぽい』ことが、この世に存在《そんざい》してたんだろうか？

お話の世界みたいな。

おとぎ話みたいな。

あったらいいな、と思ってたどきどきが、ほんとうにわたしのとこに、やってきたって。

物語の本みたいなことが、ほんとうにあったんだって。

信じていいのかなあ？　奇跡《きせき》と不思議《ふしぎ》を。

「ママ」

わたしはつぶやいた。呼《よ》びかけた。

返事はないってわかっていたけれど。

「ママぁ」

遅《おく》れてついた学校は、いつも通りに、ざわざわきゃあきゃあって声やいろんな音でいっぱいだった。玄関《げんかん》の靴箱《くつばこ》のあたりを、わけもなく走りまわってる一年生たちもいるし、三部合唱《がっしょう》に別れて、コーラスしてる六年生のお姉《ねえ》さんたちもいる。うん、すごくきれいで、うまい。廊下《ろうか》でスーパーボールで遊んでる四年生。あなたたち、じゃま。ひたすら、じゃま。せきをしながら遊んでる子たちもいたけど、遊んでないで、教室で静かに休めばいいのに、と、思った。まあ遊ぶ元気があるなら、だいじょうぶってことなんだろうけどさ。

あれ、気のせいかな？　なんだか、いつもより、風邪気味《かぜぎみ》みたいなひとが多いような？　せきこんだり、元気なさそうにしているひとたちが、あちこちにいるような気がする。

校舎《こうしゃ》に響《ひび》くせきやくしゃみの音が、妙《みょう》に気になりながら、階段を一段《だん》飛ばしで、ダッシュで駆《か》けあがる。五年生の教室は、はるかな二階だ。

走ってるうちに、今朝《けさ》のことが……魔女《まじょ》とかそういうおとぎ話が、夢《ゆめ》だったような気がしてきた。考えてみれば、二十一世紀《せいき》の世の中に、魔女《まじょ》とか妖精《ようせい》とか、ないよね？

うん。ない、と思う……。

世の中の不思議《ふしぎ》はきっと、たいがい、気のせいや錯覚《さっかく》でかたづくものなんだよ、きっとね。

奇跡《きせき》も不思議《ふしぎ》も、あってほしい。そう思うから、だからこそ、信じられなかったんだ。

だって信じて、気のせいだったら、悲しいから。


息をついて、教室に駆《か》けこんだとき、予鈴《よれい》が鳴った。

うは。危《あぶ》なかった。おでこに浮《う》かんだ汗《あせ》を手でふきながら、席に着く。

「おはよう、くるみちゃん」

後ろの席の澪《みお》ちゃんが、こほ、とせきこみながら、優《やさ》しく声をかけてくれた。

「おはよう、澪《みお》ちゃん。どしたの、風邪《かぜ》？」

下敷《したじ》きで自分をあおぎながら、ふりかえる。

あれ。澪《みお》ちゃん、すごく顔色が悪い……。

澪《みお》ちゃんは、ほんわか笑った。

「ちょっとね。今朝《けさ》からね。風邪《かぜ》かなあ？」

「熱《ねつ》あるの？」

澪《みお》ちゃんはそっとほほえむ。澪《みお》ちゃんは優《やさ》しいけれど、優《やさ》しすぎて、パパやママにも気をつかっちゃうたちだ。そのうえにがんばりやさんだから、なんともないふりをして、学校を休まなかったのかもしれない。

「保健室いこうよ。つれてってあげる」

わたしがいうと、隣《となり》の席の陽介《ようすけ》が、オーバーアクションで手を振《ふ》った。

「ああ保健室はだめだめ。……こほ、こほん」

「あれ、陽介《ようすけ》も風邪《かぜ》ひきさん？」

陽介《ようすけ》はきざな表情《ひょうじょう》でため息をつく。

「うん。そう。おれは昨日《きのう》の夜から、具合《ぐあい》悪くなってさ。皆勤賞《かいきんしょう》がかかってるから登校してきたんだけどさ、なんかもう超絶《ちょうぜつ》きつくて。で、さっき保健室いこうとしたら……」

けほけほと陽介《ようすけ》はまたせきこんだ。

「……一年生から六年生まで、風邪《かぜ》ひいた奴《やつ》でいっぱいだよ、保健室。大入満員《おおいりまんいん》って感じ」

「あらら」

ちょうどそばを通りすぎようとしてた、委員長《いいんちょう》の百瀬《ももせ》さんが、静かにいった。

「ひどい風邪《かぜ》がはやってるみたいね。学校だけじゃなく、街《まち》じゅうで急にはやってるみたい。今朝《けさ》、ローカルニュースでそんな話してるのきいたわ」

「街《まち》じゅうで？　急に？」

胸《むね》が、どきんとした。

「あ、その番組、おれも見たぜ。げほげほ」

陽介《ようすけ》がシャツの袖《そで》で口元を押《お》さえながら、身を乗りだす。

「一見《いっけん》ふつうの風邪《かぜ》なんだって。インフルエンザとかじゃなく。ただちょっとしつこい風《か》邪《ぜ》で、かかるとなかなか治《なお》んなくて、熱《ねつ》と脱《だつ》力感《りょくかん》で動けなくなっちまうらしい。お年寄《としよ》りや小さい子がかかるとやばいらしいってさ、この風邪《かぜ》。生命力《せいめいりょく》がなくなってく感じだって。死ぬかもって。実際《じっさい》このおれも、いま体がすげえきつくて、もう死にそう……」

陽介《ようすけ》がまたせきこんだときに、澪《みお》ちゃんが、急に、机《つくえ》の上に突《つ》っ伏《ぷ》した。

「澪《みお》ちゃん？」

席を立って、澪《みお》ちゃんの肩《かた》を後ろから揺《ゆ》すったけど、返事がない。体が熱かった。

ちょうどそのとき、担任《たんにん》の各務《かがみ》先生がやってきた。わたしたちは、ぐったりした澪《みお》ちゃんを中心に、「先生」と叫《さけ》んだ。

美人の先生は……先生も熱《ねつ》っぽい赤い顔をしてたんだけど、澪《みお》ちゃんのほうに向かって、飛ぶように、三歩で駆《か》けよってきてくれた。

澪《みお》ちゃんは、そのまま病院に連れていかれた。クラスの子があとふたりと、学校全体では三十人くらいの子が、先生たちに連れられて、市内の病院にいったらしい。

そして、こんなふうにたくさんの風邪《かぜ》ひきの子どもが、学校から病院にいくことになったのは、うちの学校だけじゃないらしかった。

今朝《けさ》から急に、市内の小学校や中学校、それから幼稚園や保育園にも、風邪《かぜ》をひいたひとや小さい子たちが、突然《とつぜん》、あふれたらしいんだ。子どもを狙《ねら》い撃《う》ちしたみたいに、わっと風邪《かぜ》がはやったらしい。

その日の下校時間は、少し早くなった。先生たちが緊急《きんきゅう》の会議《かいぎ》をする関係《かんけい》なんだって。

放課後《ほうかご》、わたしは自分は熱《ねつ》はないのに、ぞくぞくした気持ちで、肩《かた》にかけたバッグの肩《かた》紐《ひも》を握《にぎ》りしめながら校門を出た。

学校のほかの子たちも、しゅんとして元気がなかった。学校閉鎖《がっこうへいさ》になるかもね、って誰《だれ》かがいってた。先生たちのなかにも、各務《かがみ》先生だけじゃなく、せきこんでるひとが何人もいた。

どうなっちゃうんだろう、うちの学校……。

澪《みお》ちゃん、まさか、まさか死んじゃったりしないよね？　他の風邪《かぜ》をひいた子たちも。

わたしは震《ふる》えながら、唇《くちびる》をかんだ。

十年前、わたしのママは、風邪《かぜ》をこじらせて死んだんだ。冬の寒《さむ》い日に、体調《たいちょう》が悪かったときに、ちょっと無理《むり》して、雨にぬれて、それがきっかけで重い病気になって、死んじゃったんだって。もともとあんまり丈夫《じょうぶ》なほうじゃなかったから……。

わたしはため息をつきながら、学校のほうをふりかえった。

……そのときわたしは、学校をおおう、黒い雲みたいなものを見た。

雲？　なにかちがうような気がした。

ぞくぞくぞくっと、体の底から寒気《さむけ》がした。

なんていうか……生き物みたいに見えた。

雲は、空から下りてくる黒い巨人《きょじん》の手のように、まっすぐに学校にのびてきて、校舎《こうしゃ》をつかみ、握《にぎ》りしめるみたいにしていた。ぎゅううううっと。

錯覚《さっかく》だ、と思った。

目をこすった。

もう一度見た。

でも、謎《なぞ》の黒い雲は消えなかった。

それどころか、よりはっきりと見えてきた。ふしくれだった、『魔物《まもの》』の手のような手だ。

長い爪《つめ》をはやし、ぎしぎしと校舎《こうしゃ》をつかみ、握《にぎ》りつぶそうとするような、巨大《きょだい》な手。

背中《せなか》のぞくぞくが消えなかった。

近くを歩いてた知らない子たちに、「ねえ、あの黒い雲……」と、指さしてきいた。

でも、その子たちは不思議《ふしぎ》そうな顔をした。

「黒い雲？　なに？　どこ？」

きょろきょろとさがす。見えないんだ。

そのうちにふたりとも、「変《へん》なの」とかいいながら、走っていってしまった。

誰《だれ》も雲を見ていなかった。校庭にいるひとたちの誰《だれ》も気づいてないみたい。

あんなに不気味《ぶきみ》で、大きくて、謎《なぞ》めいた生き物みたいな雲なのに。誰《だれ》も空を見てない。

わたし以外《いがい》は誰《だれ》も、立ち止まってない。

わたしはひとりで、黒い雲を見つめた。
わたしにしか見えてないらしい、謎《なぞ》の雲を。
バッグの肩紐《かたひも》を握《にぎ》りしめながら。

ごうごうと、高い空で風が鳴った。

「風の『精霊《せいれい》』たちが、泣いてる……」

悲しんでる。怒《おこ》ってる。

悪い風邪《かぜ》が、街《まち》にはやってくることに。

苦しんでるひとたちがいるってことに。

「風の妖精《ようせい》さんたちは、優《やさ》しいから……」

なぜ知ってるかって？

わたしのなかの冷静《れいせい》なわたしがした質問に、わたしのなかの誰《だれ》かがさくっと回答《かいとう》する。

「……わたしは『魔女《まじょ》』で、『昔《むかし》』から、精霊《せいれい》は魔女《まじょ》の友だちだから」

高い空で鳴った風が、わたしのそばに舞《ま》い降《お》り、吹《ふ》きすぎる。目に見えないたくさんの気配が、わたしといっしょに黒い雲を見る。

「……錯覚《さっかく》、じゃない」

わたしはどきどきとなる心臓《しんぞう》を抱《だ》きしめるようにして、空を見あげた。ざわめく風たちといっしょに。胸《むね》の鼓動《こどう》の音がひとつ響《ひび》くごとに、心のなかのなにかが研《と》ぎ澄《す》まされていくような気がした。少しずつ、閉《と》じていた目が開くような。耳鳴りがする。頭が熱くなる。でも、心も体も、透《す》き通る。クリアになってく。

気がつくと、わたしは風のなかにきらめく妖精《ようせい》さんたちの姿《すがた》を見てた。透《す》き通る白いガラスのような姿《すがた》の、羽持つ小さなひとたちを。

「精霊《せいれい》は、妖精《ようせい》さんたちは……いるんだ。そしてわたしは、魔女《まじょ》、なんだ……だから、『見えない』ものたちを『見る』ことができる」

どきどき、どきどき、胸《むね》が鳴る。

熱い血が体じゅうに流れる。呼吸《こきゅう》が熱い。

空を見あげる、目が痛《いた》い。

なぜ？

黒い雲をにらんでるから。

「……あの雲が、『良《よ》くない』から、だ。雲が悪い病気を、街《まち》じゅうに『降《ふ》らせ』てるからだ」

さらりと耳元で、精霊《せいれい》たちがささやく。

見てごらんなさい、魔女《まじょ》の子、街《まち》の空を。ふりかえってごらんなさい、って。

ゆっくりとふりかえる。「いま」の目で見たら……街《まち》じゅうに、街《まち》のあちこちに、何本もの黒い手が、ゆらりと伸《の》びているのが見えた。

何本もの手？　ちがう。一本の大きな黒い手が、いまは近く、いまは遠く、というように、街《まち》のあちらこちらに現《あらわ》れ、消えて、また現《あらわ》れるようにしながら、ゆらゆら動いてるんだ。

空から下りてきている黒い手は、街《まち》じゅうを駆《か》けまわる。街《まち》じゅうを握《にぎ》りしめ、ひきちぎり、壊《こわ》してしまおうとしてるように見えた。黒い乱暴《らんぼう》な嵐《あらし》が吹《ふ》きすぎるように。

やがて、その黒い手は、まるで夢《ゆめ》か錯覚《さっかく》のように、ふっと消えてしまった。


「……夢《ゆめ》じゃない。錯覚《さっかく》、でもない」

わたしはたしかに、『黒い手』を見た。

だって、わたしは『魔女《まじょ》』だから。

心に浮《う》かぶ、それが真実《しんじつ》だって思った。

なんでわかったかって？

それが、『真実《しんじつ》』だからさ。


小さい頃《ころ》、魔法《まほう》が使えたらいいな、と思ってた。魔女《まじょ》や魔法使《まほうつか》いになりたかった。

もしも魔法《まほう》が使えたら、魔法《まほう》の杖《つえ》を振《ふ》り、呪文《じゅもん》を唱《とな》えて、いろんな願い事を叶《かな》えるの。

自分の願いや、みんなの願いや。叶《かな》えたい夢《ゆめ》はいっぱいあった。

あった、と思う。……いまはもう、その頃《ころ》の夢《ゆめ》を、覚《おぼ》えていないから。

もうすぐ十一歳《さい》のわたし、あの頃《ころ》より少し大人になったわたしは、いま思う。

もしもわたしが魔女《まじょ》ならば……わたしに魔法《まほう》が使えるならば、命を守る力がほしい。

病気もけがも、治《なお》してしまえて、大事なひとを誰《だれ》も死《し》なせないですむような魔法《まほう》。誰《だれ》ともさよならしないですむような魔法《まほう》。

そんな力が、わたしはほしい。

わたしの家には、ママがいない。わたしが赤ちゃんのときに、ママは死んでしまったから。

それはもう昔《むかし》に起きたことで、運命《うんめい》で、しかたがないって思ってるけれど。

でも。

わたしはほんとうは、ママに生きててほしかった。ママといっしょがよかった。

パパだって、街《まち》のひとたちだってそうだと思う。ママのことを好きだったひとみんなが。

家族や友だちや、大好きなひとたちをなくすのって悲しいことだ。とても悲しいことだ。

誰《だれ》かがいないっていうことは、世界にそのひとの形の空白《くうはく》がぽっかりとあいていて、それが永遠《えいえん》に埋《う》まらなくて、さみしいってことなんだ。せつなくて痛《いた》いさみしさが、いつも、みんなの胸《むね》にあるってことなんだ。

パパは明るいパパだから、ママのことを話すとき笑顔《えがお》で話すし、どんなに好きだったかみたいなことを、いまも最高に愛《あい》しているなんてことを幸《しあわ》せそうに話すけど、ほんとうはいまだって悲しいのを、わたしは知ってる。

誰《だれ》も、死なないでほしい。

死んじゃいけないんだ、誰《だれ》も。

元気でなきゃいけないんだ。

悲しいのはいやだから。

悲しい誰《だれ》かを見たくないから。

わたしは、空を見あげ続けた。『黒い手』が消えた、いまはただ青い五月の空を。


その夜、月曜日の夜に、夢《ゆめ》を見た。

あれは、夢《ゆめ》だったんだ、と思う。

夢《ゆめ》のなかで、わたしは眠《ねむ》ってた。

いつもの子ども部屋で。レースのカーテン越《ご》しの月の光を浴《あ》びて。またカーテン閉《し》めるの忘《わす》れちゃったんだ。月はもうじき満月《まんげつ》。ふわりと丸くなっている途中《とちゅう》の月だった。

光は本棚《ほんだな》にも、床《ゆか》のトランクにも、机《つくえ》にも、いっぱいに降り注《そそ》いでた。『魔法《まほう》っぽく』。

かたん、と、音がした。

かたんかたんかたん。ごとんごとん。

部屋のどこかから。

わたしは目を閉《と》じているはずなのに、それが床《ゆか》のトランクが立てた音だってわかった。

古い木と革《かわ》でできたトランクは、『開かないトランク』だった。そのトランクには、鍵《かぎ》がかかってた。鍵《かぎ》はどこにも見つからなくて、誰《だれ》にも開けることはできなかった。

わたしは小さい頃《ころ》、屋根裏部屋《やねうらべや》でそのトランクを見つけて、そしてどうしてもほしくなって、自分の部屋へ持っていったんだ。

トランクはやっぱり開かなかったけど、でもとても楽しかった。おままごとのテーブルのかわりに使ったり、落書きするときの机《つくえ》のかわりにしたりした。いつもいっしょだった。

その開かないはずのトランクが、動いた。

月の光のなかで、ごとんごとん、と。

わたしはベッドで眠《ねむ》りながら、「ああ、夢《ゆめ》見てるんだ」って思ってた。

だって古いトランクが、ひとりで動くはずがない。ごとごとと、揺《ゆ》れるはずがない。

でも、月の光のなかで、トランクは揺《ゆ》れた。

そして、かたり。

ふたが開いた。

内側から、白くて細い二本の手が、トランクを開いていたんだ。

「よいしょ」

女の子の声だと思った。そうして、トランクが貝みたいに開いて、ふわふわの黒い髪《かみ》の女の子が、ぴょこんと、姿《すがた》を現《あらわ》したんだ。

黒いドレスに、白いエプロンを着けたその子は、お話に出てくる、メイドさんみたいに見えた。礼儀《れいぎ》正しい感じで、スカートとエプロンのしわをつまんで伸《の》ばし、髪《かみ》を整えた。

ちりりん、と音がしたのは、首に結《むす》んだ黒いリボンに、金の鈴《すず》が揺《ゆ》れてるからだった。

そして、その子は、ふわーっと、猫みたいにのびをしながら、部屋のなかに出てきたんだ。

ぱたんとトランクのふたを閉《し》めると、長いスカートを整えながら、きちんと座《すわ》った。

そして、部屋のなかをゆっくり見まわした。どこか懐《なつ》かしそうに、でも少し悲しそうに、

だけどときどき、わくわくしてるような嬉《うれ》しそうなようすで。目がきらきら光ってた。その目は、宝石《ほうせき》みたいな透《す》き通る金色だった。

それから……ああ絶対《ぜったい》、これは夢《ゆめ》だな、と確信《かくしん》しちゃったのは、その子はどこからともなく、熱い紅茶《こうちゃ》が入ったティーカップとソーサーを出してきて、美味《おい》しそうに飲んだんだ。

カーテン越《ご》しの、月の光を浴《あ》びながら。

「ああ、久《ひさ》しぶりのお茶」っていいながら。

「六十と数年ぶりのお茶になるのね。あたしったら、やっぱり、お茶入れるの天才的《てんさいてき》にうまいわねえ」とか満足《まんぞく》そうな笑顔で、ひとりで何度もうなずきながら。

「アッサムと猫薄荷《はっか》って、相性《あいしょう》最高」

部屋のなかに、月の光といっしょに、紅茶《こうちゃ》の淡《あわ》いにおいと、香草《ハーブ》の甘《あま》いにおいが流れた。

変な夢《ゆめ》だなあ、ってわたしは思ってた。

そのとき、女の子は、つぶやいた。

「もうじきに、エルザ様と会える。きっと会える。『その夜』がやってくる。長く長く眠《ねむ》って待ったわ。『この年』がくるまで。そしてやっと、『木曜日』に『満月《まんげつ》』の夜がくる」

ふうっと口元が笑った。幸《しあわ》せそうに。そうして、ひざの上にほおづえをついて、夢《ゆめ》見るような目をして、どこかを見つめ続けた。その目にはときどき涙《なみだ》がにじんだりもした。

どれくらい時間がたったのかな。夢《ゆめ》だから、時間とかそういうのははっきりしないんだけど、やがて、金の目の女の子は、トランクから立ちあがった。

黒いエナメルの靴《くつ》で、つかつかつかつか、と、わたしが寝《ね》てるベッドに近づいてきた。

そして、眠《ねむ》る私の顔を見た。

しげしげとのぞきこんで、腕《うで》を組んだ。

なにかしら考えこんでから、ため息《いき》をついて、一言、いった。

「エルザ様にはあんまし似《に》てないわね。鼻がちょっと低すぎると思うわ」


朝。

わたしはベッドに身を起こしながら、いった。

「悪かったわね。鼻が低すぎて」

誰《だれ》もいなかった。

わたしは、部屋のなかを見まわした。

「ええと、そうか、夢《ゆめ》だったんだ……」

頭に手をやって、ははと笑った。

でも、わたしは、床《ゆか》に下りて、ぺたぺたと床《ゆか》の上を歩いて、トランクのところにいった。

手をふれる。ふたを開けようとする。

開かなかった。

わたしは朝の光のなかで、大きな古いトランクをぼんやりと見つめてた。

わたし以外は、誰《だれ》もいないはずの部屋のなかで、ちりりん、と、あの女の子の首の金色の鈴《すず》の音が、きこえたような気がした。

このトランクは、わたしのひいおばあちゃん——例の異国《いこく》からの旅人、エルザさんの形見《かたみ》の品《しな》だといわれてるものだった。

昔々《むかしむかし》、昭和《しょうわ》の初めの頃《ころ》に、若《わか》き日のひいおばあちゃんはこのトランクを下げて、旅人として、西風早《にしかざはや》の街《まち》にやってきたんだ。黒い子猫だけが家族の、ひとりきりの旅人だった。

同じく若《わか》き日のひいおじいちゃんは、その日、写真を撮《と》りに港にきていた。昔《むかし》、遠くの街《まち》の大学で勉強したドイツ語で話しかけたら、エルザさんは笑顔《えがお》でふりかえってくれた。

そしてふたりはいろんな話をするうちに、自然と恋《こい》に落ちたんだって。

旅人だと名乗ったエルザさんは、旅の理由をひいおじいちゃんに話さなかった。でも、もう、ひとり旅をやめ、黒い子猫といっしょに、西風早《にしかざはや》の街《まち》の住人《じゅうにん》になったんだ。

エルザさんは、不思議《ふしぎ》な知恵《ちえ》を持っていた。草花で薬や美味《おい》しいお茶を作ったり、不思《ふし》議《ぎ》なおまじないの言葉を唱《とな》えて、ひとびとの小さなけがを治したり、病気まで治したりしたんだって。……まるで『魔女《まじょ》』みたいに。

未来《みらい》を読むことができたなんて話もあって、「この戦争《せんそう》はもう終わるから。日本は負けてしまうの」とつぶやいたりした。その時代の日本ではそんな発言はタブーだったから、それはないしょの予言《よげん》だった。

だいたい、うちのご先祖《せんぞ》様は、当時、街《まち》からちょっと浮《う》いてたらしい。ひいおじいちゃんは、からだが弱かったので戦争にいけなかった。それはその頃《ころ》、肩身《かたみ》の狭《せま》いことだったし、外国人のエルザさんが奥《おく》さんなのも、周囲《しゅうい》から浮《う》きやすい要因《よういん》になっていた、らしい。

でも、ひいおじいちゃんもひいおばあちゃんも、街《まち》を愛《あい》していたし、街《まち》のおとなたちはともかく、子どもたちはこの家族（その頃《ころ》には赤ちゃんが生まれていた）がすきだった。

そんなある日、もう戦争が終わるという年の八月になって、風早《かざはや》の街《まち》は空襲《くうしゅう》にあったんだ。西風早《にしかざはや》の街《まち》はほとんどが燃《も》えた。エルザさんは、自分の赤ちゃんと街《まち》の子どもたちを炎《ほのお》の波から守ろうとした。燃《も》えてゆく家にとり残されたけれど、まるで『奇跡《きせき》』みたいに、子どもたちと赤ちゃんの命を助けたんだ。

けれどエルザさん自身《じしん》は、ひどい火傷《やけど》を負《お》って、それきり寝付《ねつ》いてしまった。そして戦争が終わったあとのある日、小さな赤ちゃんを残して、世を去っていってしまったんだ。

「満月《まんげつ》の夜に、薔薇園《ばらえん》で会いましょう」

という不思議《ふしぎ》な言葉が、最後《さいご》の言葉だったんだって。

もう目がよく見えていないのか、まわりにいたひとたちの顔を誰《だれ》も見ないで、遠くどこかを見るようにして、笑顔《えがお》でいったんだって。

それはとても幸《しあわ》せそうな、優《やさ》しい笑顔《えがお》だったそうだ。

わたしは、『魔女《まじょ》』のトランクを見つめ続けた。いまは動かない、古びたトランクを。

ひいおじいちゃんは、戦争のあと、長く生きた。一部を残して焼け落ちたお店を建て直し、もと通りの姿《すがた》にしたあとは、趣味《しゅみ》の写真を撮《と》ったりして、幸《しあわ》せに暮《く》らしたんだって。

そしてときどき、一枚《まい》だけ焼け残ったエルザさんの写真に、話しかけていたそうだ。古びてセピア色になった、それでも若《わか》くきれいなままのエルザさんの笑顔の写真に。

「幸《しあわ》せだったかい？」って。

「エルザ。きみは、この街《まち》で暮《く》らして、幸《しあわ》せな時間を過《す》ごせたのかい？　ぼくが、あの日、港で話しかけなかったら、ぼくと出会わなかったら、きみはきっと旅をやめなかった。この街《まち》で暮《く》らすことも、戦争で死ぬこともなかったろう。きみはいつも笑っていたけれど、きみはこの街《まち》で暮《く》らしてよかったのかな。不幸《ふこう》じゃなかったのかなあ……」

わたしは、エルザさんの話を思いだすとき、ときどき、わたしのママのことを考える。

わたしのママは、わたしが赤ちゃんのときに病気で死んじゃった。エルザさんの赤ちゃん、つまりわたしのおばあちゃんがそうだったみたいに、赤ちゃんだった自分の子どもとさよならして、ひとりで天国《てんごく》にいってしまった。

最後《さいご》はやっぱり笑顔《えがお》だったんだって。幸《しあわ》せそうなまま、死んでいったんだって。

それは最期《さいご》が苦しくなかったってことなんだろうなって、わたしはそれが嬉《うれ》しくはあるんだけど……でも、少しだけ、心がもやもやする。

ママは赤ちゃんのわたしとさよならするのが、悲しくなかったのかなあ？

自分だけ天国《てんごく》にいくことになっても、ひょっとして……まさかと思うけど、あんまり悲しくなかったのかなあ？

だから、笑顔《えがお》だった、なんてことないよね？

いま、わたしもパパも、こんなにさみしいのに。

わたしは、ママのことを思うとき、幸《しあわ》せな笑顔《えがお》なんかに、とてもなれないのに。

4　闇色《やみいろ》のネズミ

水曜日。その次の日の朝。早い時間に、電話の連《れん》絡網《らくもう》がまわってきた。学校はお休みになることになったそうだ。

風が強い日だった。最近、五月なのに、寒い日が続いてたんだけど、その朝はひときわ寒かった。

パパといっしょに、キッチンの古い木のラジオで、朝のニュースをきいていたら、市内の全部の小学校と中学校が、お休みになったらしい。

とりあえずは三日間、学校は休校になります、と、アナウンサーさんが原稿《げんこう》を読みあげてた。

パパが、ラジオをききながら、くりかえす。

「三日間の学校閉鎖《へいさ》、か……」

「とりあえずってことは、ひょっとして、もっと長くなるかも、ってことなの？　かな？」

「そうだね。市の教育委員会《きょういくいいんかい》としては、様子《ようす》を見ようってことなんだろうね」

わたしは目玉焼きをのせたトーストを、ぽそぽそと食べた。いつもなら美味《おい》しい朝食が、今日は、味がしない。なんだか、のどにつまる。

澪《みお》ちゃんは、退院《たいいん》したって、昨日《きのう》メールが届《とど》いた。うちで寝《ね》てるみたい。メールの文面《ぶんめん》が、「もうだいじょうぶだよ」って、元気そうだったけど、あんまり信じられない。

陽介《ようすけ》は、熱《ねつ》があがったりしてないかな？　月曜日に妙《みょう》にハイテンションだったのが、ずっと前にみずぼうそうで熱《ねつ》出してたときみたいで、なんか、気になっちゃうんだ。

おととい学校で具合《ぐあい》が悪くなってた、みんな。校舎《こうしゃ》でせきこんでいた子たち。それから、先生たち。他の学校のひとたちも……。

風邪《かぜ》がひどくなっていって、誰《だれ》か……誰《だれ》か、この先、死んだりとか……しないよね？

ニュースは続いた。市内の学校だけじゃなく、この近辺《きんぺん》の学校までじわじわと、「悪質《あくしつ》な風邪《かぜ》」（とラジオはいった）は、爆発的《ばくはつてき》に流行しつつあるそうだ。そして、風邪《かぜ》は、この西風早《にしかざはや》の街《まち》を中心にして、円を描《えが》くように、広がっていっているらしい。

そして、いまのところ、『風邪《かぜ》』には関係がないと思われているけれど、この街《まち》のあちこちで、草花が枯《か》れ、小鳥や小さな生き物たちが死んでいってるらしい。まるで街《まち》に住む命みんなに悪い病気がはやっているようです、と、アナウンサーさんは悲しそうにいった。

わたしは、おととい見たあの黒い雲を思いだして、ぞっとした。あの雲の下では、街《まち》じゅうが病気になっても変《へん》じゃない気がした。あの雲は、『呪《のろ》い』をふりまいてる気がするんだ。

ラジオからは、明るい音楽が流れてきた。

アナウンサーさんの声が、ひと呼吸《こきゅう》したあと、かろやかに響《ひび》く。

『今日も寒い朝ですね。ところで、先月あたりから、南の国から、ツバメたちがこの街《まち》にも帰ってきていますよね。朝の風に乗って、寒そうに飛んでいくのを、今朝《けさ》も見ました。

このところの異常気象《いじょうきしょう》で、朝晩《あさばん》が急に冷《ひ》えることもありますが、ツバメたちにはなんとか、この寒さに耐《た》えてほしいと思います。そして、ツバメたちが翼《つばさ》に乗せて運んできてくれた暖《あたた》かな南の風が、困《こま》った風邪《かぜ》を追い払《はら》い、この街《まち》を暖《あたた》めてくれると思いたいですね』

わたしはパパとラジオをきき続けながら、うつむいて、トーストをかじってた。

心が重い。

黒い雲のことを、パパに話そうかな、と思った。でも口が重くて、話せなかった。

なぜかな？　……たぶんあまり、幸《しあわ》せなことじゃないからだと思った。

わたしは食べかけのトーストをなんとか口に押《お》しこむと、開店準備《じゅんび》をしているパパを手伝った。そして、パパに明るくいった。

「えっと、家にいると、怖《こわ》いニュースで気が滅入《めい》っちゃうから、お散歩《さんぽ》してくるね」

「ああ、いってらっしゃい。こんなときだから、あまり遠くにはいかないように」

「うん」

わたしはうなずき、それから、ふりかえって、

「パパ、大好きよ」といった。

「ありがとう。パパもくるみが大好きだよ」

キッチンの湯気《ゆげ》にとりまかれながら、パパは笑う。いつもどおりの明るい笑顔で。

「あ、天気予報によると、空は晴れているみたいだけど、今日はこのあと急に雨が降るみたいだから、傘《かさ》を持っていきなさい」

「はあい」

わたしは、お気に入りの白い傘《かさ》をつかんで、通りへと駆《か》けだした。

扉《とびら》を開けると、今朝《けさ》は光と風のなかに、昨日《きのう》よりもはっきりと、ちかちか光る粒子《りゅうし》が見えた。空に舞《ま》う、風の精霊《せいれい》たちの翼《つばさ》や髪《かみ》が放《はな》つ光だった。

寒い。朝の風が、ほっぺたを切るみたい。

ちょっとこれって、初夏《しょか》の風じゃないよ。この頃《ごろ》の地球は「異常気象《いじょうきしょう》」ばっかりだ。日本も世界も、昔《むかし》はもっと、春は春らしく、冬は冬らしい温度《おんど》だったっていう。夏はいまみたいな、ひとや生き物が死《し》ぬくらいの温度の暑《あつ》さにはならなかったって。その頃《ころ》みたいには、もうもどれないんだろうか。地球はもう、完全におかしくなっちゃったのかな……。

耳元を、小さな影《かげ》がよぎった。かろやかに飛ぶ、ツバメだった。ツバメは、ちきちきと鳴いた。その声に、わたしは『心』を感じた。

ツバメは幸《しあわ》せそうに、うたう。

『またこの街《まち》に帰ってきたんだよ。海を越《こ》えて、帰ってきたんだよ。去年《きょねん》生まれたこの街《まち》に。ぼくの生まれた故郷《こきょう》の街《まち》に。なんだかちょっと寒いけど、でもやっぱりここはすてき』

嬉《うれ》しそうだった。

『ねえ、きみ、この街《まち》は、すてきな街《まち》だよねえ？』

ツバメは首をかしげて、わたしにきいた。

うん。わたしはうなずいた。

風の精霊《せいれい》たちも、きっとうなずいた。

チチっと、ツバメは鳴いて、踊《おど》るように羽をひらめかせながら、空を駆《か》けていった。

わたしはいつだって、元気なほうだった。風邪《かぜ》なんかめったにひかない。おなかも壊《こわ》さない。どこでだって眠《ねむ》れちゃう。いまも「悪質《あくしつ》な風邪《かぜ》」は、わたしのそばをさっさと通過《つうか》しているみたいだ。せきもくしゃみもでやしない。

わたしは、そもそも、強い子だ。かけっこも早いし、握力《あくりょく》とかも強いし。垂直跳《すいちょくと》びとか幅跳《はばと》びとかも、男の子よりも高く長く跳《と》べる。

そのへんは、パパに似《に》たんだと思う。パパはいつだって元気で強い。そして明るい。

そこが好きよ、って、ママはパパによくいってたんだって。

「『一年じゅう、どんな季節《きせつ》でも、風邪《かぜ》をひかないところと、高いところにのぼるのが上手で好きなところがすてき』っていわれてたな」

微妙《びみょう》にそれってほめ言葉かな、とか思わなくもないけど、うんまあ、のろけってことね。

わたしはパパからこの元気さを受けついだ。そしてママからは『魔女《まじょ》の血』をもらった。

わたしの耳は、吹《ふ》きすぎる朝の風のなかに、古い住宅街《じゅうたくがい》の道の空に、今日も精霊《せいれい》たちの声をきく。かすかに鳴る風のハープをきく。

けれどきれいな空気のなかに、わたしは同時に、『悪い魔法《まほう》』の気配も感じとる。

月曜日よりもはっきりと、空気に『いやな気配』を感じるようになってきた。なんていうのかな？　生ゴミのにおい？　そんな感じの、うわ、いやだ、って、逃《に》げたくなる『におい』を空に感じる。見えない『悪臭《あくしゅう》』を。

わたしは、立ち止まり、空を見あげた。

青い空を見あげ、見つめた。……見えた。

黒い手は、ゆらゆらと、街《まち》のあちこちに下りてきている。止まっている黒い竜巻《たつまき》みたいに。胸《むね》がどきどきした。熱い血が体を流れるごとに、視力《しりょく》がはっきりしてくるみたい。

ぐっと目の奥《おく》のどこかが開ききった気がしたとき、わたしは月曜日よりもくっきりと、街《まち》を駆《か》ける魔物《まもの》の手を見ることができた。

鳥の手に似《に》ている、と思った。鱗《うろこ》のはえた、骨張《ほねば》った手だ。じっと見ているうちに、鳥というより、恐竜《きょうりゅう》だ、と思い、そして、ふっと、『正解《せいかい》』が心に浮《う》かんだ。

「……『竜《りゅう》』の手だ、あれは」

心臓《しんぞう》がどきん、とはねた。

瞬間《しゅんかん》、街《まち》をおおう大きな黒い翼《つばさ》が見えた。こうもりみたいな黒い羽。

朝の光に包《つつ》まれた街《まち》に、にごった闇夜《やみよ》の影《かげ》がよぎった。

それはほんとうに一瞬《いっしゅん》のことで、すぐに街《まち》は朝の静かな景色にもどったんだ。だけど、しばらくの間、風は吹《ふ》きやみ、鳴いていたすずめたちも、しんとなったのだった。

「……この街《まち》の空に、『黒い大きな竜《りゅう》』がいる」

わたしは、ぽつりと、つぶやいた。

「上空に、はるかに高い空に、邪悪《じゃあく》な一頭の竜《りゅう》がいて、街《まち》に『死の呪《のろ》い』をかけてる……」

自分の言葉を耳できいて、それからのろのろと脳内《のうない》で繰《く》り返《かえ》して、言葉の意味を知った。

「……え？　えええ？　『竜《りゅう》』？　竜《りゅう》っていうといわゆる、あの、『ドラゴン』のこと？」

意味がわからない、そう思いながら、でも、心のなかで、またそれが『真実《しんじつ》』だと思った。

空には黒い巨大《きょだい》な竜《りゅう》の手が見える。背筋《せすじ》は寒くて、ぞくぞくと震《ふる》える。

心のどこかで思った。なんでわたしだけに、こんなのが見えちゃうんだろうって。みんなといっしょに見えないままで、気づかないままのほうが、よかったかもしれない……。

あはあはと、わたしは力なく笑った。

「だってさ、『見える』だけなんだもん。わたしはたぶん魔女《まじょ》だけど、お話やアニメに出てくる魔女《まじょ》みたいに、呪文《じゅもん》とか知らない。魔法《まほう》の杖《つえ》とかも持ってない。魔女《まじょ》っていっても、たぶん『見える』とか『感じる』とか、そういうことしかできないみたいなんだもん」

空が暗くなった。ゆっくりと雨雲が動いてきたんだ。天気予報が当たったみたい。ぽつぽつと、静かに雨が降り始めた。

冷たい雨だった。氷みたいな。

わたしはうつむき、雨にぬれながら、お気に入りの白い傘《かさ》を、力なくつかんだ。……この傘《かさ》が、魔法《まほう》の杖《つえ》ならよかったのにな。

そのときだった。暗い空で、黒い手が、爆発《ばくはつ》するように、空でぶわっと砕《くだ》け、散《ち》った。まるで、土の雨が振《ふ》りまかれるみたいに、黒い汚《よご》れた固《かた》まりが、地上へと降り注《そそ》いだ。

わたしは思わず、傘《かさ》を開いた。自分の頭をかばおうとしたけれど、黒い雨が降りながら、空中でゆっくり姿《すがた》を変えていくのを見た。

汚《よご》れたちりのかけらは、小さなネズミになった。泥《どろ》の色をして、闇色《やみいろ》の目をした、小さなネズミたち。ネズミっていっても、絵本に出てくるような、かわいいネズミさんじゃない。口からはみだした黄色い牙《きば》は長く、爪《つめ》は黒くとがってて、そして、降ってきながらわたしを見るその目は、怖《こわ》かった。それはたぶん、『呪《のろ》い』とか『食ってやる』とか、『殺意《さつい》』とか、そういうのがごった煮《に》になった、とにかく逃《に》げだしたい怖《こわ》さを感じる目だったんだ。

背筋《せすじ》が寒くなる。やばいとかまずいとかそういう感じ。

「街《まち》が、『殺《ころ》され』ちゃう」

食べられちゃう。闇《やみ》に。

ぼたぼたと、空から闇《やみ》の雨は降る。

呪《のろ》いの赤い目と、なんでもかじる牙《きば》を持った小さな闇《やみ》が、空から降ってくる。

黒い雨は、街《まち》じゅうに降り注《そそ》ぐ。長い爪《つめ》をはやした小さな手足が、地面に降り立ち、そして、黒い川の流れみたいに、ざあっと街《まち》に流れた。

道路を走り、塀《へい》を渡《わた》り、路地《ろじ》へと曲がる。

黒い波が通りすぎるとき、波にのまれた草花がしおれていくのが見えた。草花だけじゃない、街路樹《がいろじゅ》のポプラも柳《やなぎ》も、みるみるうちに葉がしおれ、枝《えだ》がたれていく。

わたしには『見えた』。ネズミたちが、『命』を食べてるんだ。通りすぎながら、自分たちにふれる『命』を、吸《す》いとり、奪《うば》いさりながら走ってる。

「……あんなふうに、人間も『病気』にした？」

心に『正解《せいかい》』がひらめいた。

空から降る見えない黒いネズミたちが、ひとのそばを通るとき、あんなふうに命を吸《す》っていたとしたら。『病気』をばらまいていたとしたら。それで生きる力が消えてしまって、みんなが『風邪《かぜ》』になっていたとしたら。

街《まち》を滅《ほろ》ぼそうとしてるのは、あの魔物《まもの》なんだ。魔物《まもの》が街《まち》を食《く》い尽《つ》くそうとしてる。

ちょうど空を飛んでもどってきたさっきの黒いツバメが、黒い雨にふれて、地面に落ちるのが見えた。わたしはツバメのほうに走ったけれど、拾いあげたときには、もう死んでた。小さい体は、うそみたいに軽《かる》かった。

「……なんで？」

遠い南の国から、この街《まち》の空にやっと飛んできたツバメなのに。去年《きょねん》この街《まち》で生まれて、初めてここに、帰ってきたばかりなのに。

あんなに嬉《うれ》しそうにうたってたのに。

どうして死ぬの？

こんなにかんたんに、死んじゃうの？

わたしは、ツバメを胸《むね》に抱《だ》きしめた。

心の奥《おく》で、なにかがざわりと動いた。それは、強い恐怖《きょうふ》と、そして、強い怒《いか》りだった。

「……なんで、こんなひどいことをするの？」

わたしは白い傘《かさ》をたたみ、片手《かたて》で握《にぎ》った。

道を走るネズミたちの黒い小さな影《かげ》を殴《なぐ》り、払《はら》いのけようとした。傘《かさ》に払《はら》われて、雨粒《あめつぶ》が銀に散《ち》る。水しぶきが光る。

「この街《まち》に……この街《まち》に、くるな。でないと、でないと、わたしが許《ゆる》さないんだから」

ほんとうに怒《おこ》ると、怖《こわ》いとか気持ち悪いとか、そういう感情《かんじょう》はどこかにいっちゃうものだと、そのときわたしは初めて知った。

黒いネズミの群《む》れが、こっちに向かってどっと押《お》し寄《よ》せてきたときも、上から降ってきたときも、よっしゃあ上等《じょうとう》じゃん、片《かた》っ端《ぱし》からやってやる、としか思わなかった。ただ白

い傘《かさ》を握《にぎ》りしめ、迫《せま》りくるネズミをにらみつけた。
わたしはポケットにツバメを入れていた。まだほのかにあったかくって、軽《かる》いツバメの体を感じるたびに、目に涙《なみだ》が浮《う》かんで、そして心に怒《いか》りが燃《も》えた。
たぶん、いままで、こんなふうに、ここまでの強さで、心から怒《おこ》ったことはなかったと思う。なにかを強く、憎《にく》んだことも。

白い傘《かさ》が、銀の雨を切った。そのとき、風の精霊《せいれい》たちが、かすかな声でうたうのをきいた。それは高い空に向かって、果《は》てしなく続いてゆく分散和音《ぶんさんわおん》で、音がひとつ響《ひび》くたびに、灰色《はいいろ》の空に、光のしずくが散《ち》った。歌声は悲しみ、怒《おこ》っていた。

「……精霊《せいれい》が、わたしの心に共鳴《きょうめい》してるんだ」

宙《ちゅう》にきらめく光のしずくは、あたりを白く光らせた。光に押《お》されるように、黒いネズミたちは、一瞬《いっしゅん》だけ動きを止めたけれど、それはほんとに「一瞬《いっしゅん》」のことで。

赤い不吉《ふきつ》な星が地上にともるように、謎《なぞ》のネズミたちの赤い目が、降りしきる雨の薄闇《うすやみ》のなかから、こちらを見る。飛びかかる。鋭《するど》く痛《いた》い歯や爪《つめ》が、腕《うで》や足、ほっぺたをかすめる。そのたびに痛《いた》みといっしょに、すうっと力が抜《ぬ》けるような、いやあな感じがした。立っているだけで、どんどん疲《つか》れていくみたいだ。

これがつまり、命がかじられてるってことなのかな、と思った。気持ち悪い。

けど、あのツバメは死んだんだ。それにくらべたら、こんな痛《いた》みや疲《つか》れ、なんだっていうんだと思った。とにかくこいつら、絶対《ぜったい》に許《ゆる》せない。

雨が降りしきる古い道に、他にひとの気配はない。生き物の気配もない。夕方のように薄暗《うすぐら》くなった静かな道で、わたしはまるで悪夢《あくむ》かホラー映画のなかのワンシーンみたいに、息を切らし、白い傘《かさ》を手に、ネズミの群《む》れと戦い続けた。

雨は降り注《そそ》ぐ。ネズミたちも空から降り続け、地を走り、永遠《えいえん》に終わらないような気がしてきた。ぬれた腕《うで》が重い。傷《きず》が痛《いた》い。たまによろけて、水たまりにころびそうになる。

ふと。

耳元で、りん、と音がした。

澄《す》んで響《ひび》く、金色の鈴《すず》の音だった。

「まったくもって、無茶《むちゃ》で無謀《むぼう》な子だわよね」

声が耳元でささやく。

「……あなたいま、自分がなにと戦ってるか、ちゃんと把握《はあく》してるの？」

ふわりと、気配《けはい》が降ってきた。香草《ハーブ》とお茶の香《かお》りといっしょに、わたしのそばに、どこかで見たことがある、ふわふわの黒い髪《かみ》の女の子が、降り立ったんだ。

そうだ。火曜日の朝の夢《ゆめ》に出てきた、トランクから出てきた女の子が、ふわりと。
あれ。降り立った……って、でもどこから？
それにこの子は、雨のなかなのに、どうしてぬれてないんだろう？　傘《かさ》もないのに。
「はあい」と、金色の目の女の子は笑う。

「こんにちは。くるみちゃん。あのね。自分の分《ぶん》をわきまえるって大切なことだと思うの。自他《じた》の力量《りきりょう》を見極《みきわ》め、戦うべきときと逃《に》げるべきときとを選択《せんたく》すること。生き延《の》びるためには、たぶんそれが一番大事。

あなたは『魔女《まじょ》』の子だけど、『魔法《まほう》』はまだ使えない。『契約《けいやく》の杖《つえ》』を持ってないからね。ほんとはこんな『闇《やみ》から生まれたもの』たちにかまわず、見えないふりをしていればいいのよ。傷《きず》つかず、平和《へいわ》に生きていたければ」

どきん、とわたしの胸《むね》は鼓動《こどう》を打つ。――この子、わたしの名前を呼《よ》んだ。

そしてこの子は、わたしが魔女《まじょ》だって知ってるんだ。夢《ゆめ》から出てきた、この不思議《ふしぎ》な女の子は。そしてそしてこの子は、この子にも、黒いネズミたちが見えている。

女の子は、猫のような金色の目を細めた。

「でも、あたしね、たまに無茶《むちゃ》なことをしちゃうってのも、たまには必要《ひつよう》な選択《せんたく》だとも思うわけよ。……だってそのほうが、一度きりの人生、だんぜん、波乱《はらん》に満《み》ちて、楽しいじゃない？　あたし人間じゃないし、あたしはいくつも命があるけれど、やっぱり、そう思うわ。

だからね。あなたみたいな子って、嫌《きら》いじゃないかもって、いま思っちゃった」

そういうわけで、と女の子はいうと、わたしの前に立ち、白い付《つ》け袖《そで》がついた黒いワンピースの、その袖《そで》をきゅっと鳴らして身構《みがま》えた。

「だから、助けてあげちゃうわね？」

たちまち、躍《おど》りかかったネズミたちを、その手が、風のような早さでなぎはらった。

なぎはらう……というか、その子の手が触《ふ》れたところが、空中で発光《はっこう》すると、黒いネズミたちは、一瞬《いっしゅん》で、蒸発《じょうはつ》したように、降りしきる雨のなかに消えていったんだ。

その様子を見て、ネズミたちは、波が引くように、ぬれたアスファルトの地面を、後ろへと下がっていった。小さな爪《つめ》がアスファルトをはじく、ざざっという音がする。

ふっと、その子がつぶやいた。首の金色の鈴《すず》を、りん、と鳴らしながら。

「懐《なつ》かしいなあ。エルザ様も、生まれたお国で暮《く》らしてらした、小さな子どもの頃《ころ》は、けっこうこんな場面がおありになったものね。あのかたもなかなか無茶《むちゃ》なかたでいらした」

エルザ様、って……わたしのひいおばあちゃんと同じ名前で。でもって、この子は、ひいおばあちゃんの形見《かたみ》のトランクから出てきたわけで。でもって、わたしの名前とか知ってるわけで。あれあれあれ？　わたしは混乱《こんらん》した。この子、ひいおばあちゃんの知り合い？

「……って、あのう。どういう関係《かんけい》なの？」

思わずそうきいたとき、女の子がいった。

「めんどうだから、一気《いっき》にやっちゃうわよ。六十数年ぶりの魔法《まほう》、うまくいくかしら」

ぱん、とその子の両手《りょうて》が、打ち鳴らされた。

両手《りょうて》の間に、銀色の光の線が走る。あやとりの糸みたいに、くるくると交差《こうさ》する。

「天《てん》の光、地の恵《めぐ》み、時をこえたわが一族《いちぞく》の祈《いの》り、力となれ。――〈月光剣《げっこうけん》〉」

灰色《はいいろ》の空へと、光が走る。

稲妻《いなずま》のような震《ふる》える光をまといつかせた三日月《みかづき》の形の『剣《けん》』が……剣《けん》の形をした白い光が、その子の手から、空へ向かって閃光《せんこう》を放《はな》つ。

『魔法《まほう》の剣《けん》』は巨大《きょだい》に見えた。けれど、その子は、軽々《かるがる》と剣《けん》を手にし、そしてその光りながらのびて広がる剣《けん》で、地をなぎはらった。

雨降る地上に光の炎《ほのお》が走る。爆竹《ばくちく》を鳴《な》らしたように地上に光と炎《ほのお》がはじけて、そして、あれほどあふれていた黒いネズミたちは、一匹《ぴき》もいなくなった。

強くなってきた雨のなか、わたしと謎《なぞ》の女の子は、ふたりきり道に立っていた。

人通りのない、静かな道で。

いままでのことが、夢《ゆめ》だったみたいに。

でもその子の手には、『魔法《まほう》の剣《けん》』が光っていて、その子の目は人間じゃあり得《え》ない金色に、澄《す》んできらめいているのだった。

「えっと……」

わたしは、その子に話しかけようとした。

その子は、ちょっとすました笑顔でふりかえろうとした。

そのとき。

天《てん》から音もなく、黒い『槍《やり》』が降ってきて、その子の肩《かた》を貫《つらぬ》いた。地上へと縫《ぬ》いとめた。

5　闇《やみ》の魔法《まほう》　光の魔法《まほう》

ううん。それは、槍《やり》じゃなかった。

空からのびた、長い長い一本の『爪《つめ》』が、黒い髪《かみ》の女の子の肩《かた》をえぐっていたんだ。

わたしはとっさになにが起きたのかわからなくて、ただそれを見てた。

女の子は、奥歯《おくば》をかみしめるようにすると、光の剣《けん》を手にして、空をにらんだ。

わたしも、空を見あげる。

そして見た。天上《てんじょう》に浮《う》かぶ、あの黒い手を。

魔物《まもの》の、闇色《やみいろ》の竜《りゅう》の節《ふし》くれだった手を。

巨大《きょだい》な手の、その爪《つめ》の一本が、地上へと細くまっすぐに伸《の》びて下りてきていたんだ。

謎《なぞ》の女の子の手の剣《けん》が、空へと伸《の》びる。黒い手に斬《き》りつけようとする。

でも、光を放《はな》つ剣《けん》は、わずかも闇色《やみいろ》の手に傷《きず》を負《お》わせることはできなかった。

黒い『槍《やり》』に縫《ぬ》いとめられたまま、女の子は、わたしのそばに立っていた。

その足元が、アスファルトの上で、わずかによろけた。

「……まったく、いきなり、『あの竜《りゅう》』とでくわしちゃうとはね。まあそういう危険《きけん》があるかもってわかってはいたんだけどさ。わかってて『魔法《まほう》』とか使っちゃったんだけどさ」

笑いながら、その子はいった。でも、額《ひたい》に浮《う》かぶ汗《あせ》と、空から目を離《はな》さないその表情《ひょうじょう》で、ほんとは笑う余裕《よゆう》なんてないんだってことが、わたしにはわかった。

足元に、その子の肩《かた》から、血が落ちる。道の水たまりに落ちて、水を赤く染《そ》めてく。

「ちょっと、くるみちゃん。あのね。ひとつお願いがあるの。……きいてくれるかな？」

「なに？　わ、わたしにできることが、あるの？」

わたしは我《われ》に帰り、その子の腕《うで》にすがった。天上の槍《やり》に貫《つらぬ》かれたままのその子の表情《ひょうじょう》がゆがんだから、すぐに手を離《はな》した。

「ごめん」

「いいって。――これ、あんまり痛《いた》くないんだ」

その子は笑った。そして静かにいった。

「ここから逃《に》げて。一刻《いっこく》も早く。……あたしはとっても強いけど、あの竜《りゅう》はもっと強い。それに、いまのあたしは、こっちの世界に、復活《ふっかつ》してきたばかりだから、あんまり力がないの。戦っても勝てないの。だから、逃《に》げて」

「え、あ、でも……」

この子はどうするんだろう？

この子は逃《に》げられない、これじゃ。

「だいじょうぶよ。……ここで死んでも、あたしは『猫』だから、あと七回は、生き返ることができるから」

にこ、と、女の子は笑う。

「六十と何年か前に一度、エルザ様といっしょに死んだことがあるから、わかってる。

……死んで復活《ふっかつ》してこっちにもどってくるのって、『猫』のあたしにはかんたんなことだった。ちょっとお昼寝《ひるね》するくらいのことだった。……だから、待っててね。すぐに帰ってくるから。……たぶん、『約束《やくそく》』の『満月《まんげつ》の夜』には、帰ってくる。……すぐだから。今度会うときは、おいしいお茶を飲みましょう。そしてエルザ様の思い出話でも、ゆっくりと……」

少しずつ、光の剣《けん》の光が消えていく。あがっていた腕《うで》がたれていく。笑顔が消える。

わたしはそっとその腕《うで》をとった。

「やだ。そんなのやだ」

事情は全然わからない。なにが起きているのかも。この子が誰《だれ》なのかも。あの空の黒い竜《りゅう》が、なんなのかも。

でも、目の前のこの子がもう死《し》んでしまうんだってことはわかった。逃《に》げたらさよならすることになるってことはわかった。だって、黒い槍《やり》がほら、この子の命を吸《す》いとっている。

女の子の金色の目が、りんと光った。

「逃《に》げなさい。あなたに死なれたら、あたしが困《こま》るの。あたしは『魔女《まじょ》の従者《じゅうしゃ》』。あなたたち魔女《まじょ》を守《まも》るのがつとめ。……あたしは昔《むかし》、エルザ様を守れなかった。エルザ様が死んでいこうとするのを、止めることができなかった。……またあんな辛《つら》い思いをしたくないの。だから、お願い、ここから逃《に》げて」

「やだ。逃《に》げない。絶対《ぜったい》に」

わたしは叫《さけ》んだ。

「ああもう」と、女の子がつぶやく。少しずつ小さくなっていく声で。

「さっきもいったけど、あなたはまだ魔法《まほう》を使えないの。魔法《まほう》の杖《つえ》もない、呪文《じゅもん》もなにも知らないんだから。……逃《に》げなさいってば。

くるみちゃん、あなたには魔法《まほう》の才能《さいのう》がある。あたしにはわかるのよ。あなたにとって、それがいいことか悪いことかはわからないけれど、あなたの魔力《まりょく》はすばらしいもの。あなたはきっと、この先、偉大《いだい》な魔女《まじょ》になる。……伝説《でんせつ》に残るくらいの、魔女《まじょ》になるわ。

この先、魔法《まほう》の杖《つえ》を手に入れて、呪文《じゅもん》を覚《おぼ》えることさえできれば、あなたは強くなる。エルザ様も立派《りっぱ》な魔女《まじょ》だったけど、あなたはたぶん、その百倍も強い魔女《まじょ》になる。

……そうね。あなたがもし、いま『魔法《まほう》』を使えたら、そしたらなんとかなったかもしれないなあ。『従者《じゅうしゃ》』のあたしの魔力《まりょく》も……『主《あるじ》』のあなたがもっと強ければ……もっと」

ひとり言《ごと》のように、声がかすれていく。

でも、女の子は、顔をあげていった。

「生き返ったら会いにいく。だから、あたしのことを忘《わす》れないで。あたしの名前はケティ。『ケットシー』のケティ。忘《わす》れないで。くるみちゃん——くるみ。

新しい『主《あるじ》』が、あなたみたいな子でよかった」

雨のなかで、笑顔《えがお》のケティが、わたしの体を弱々《よわよわ》しく突《つ》き飛ばそうとする。

わたしは、でも踏《ふ》みとどまり、そして、涙《なみだ》を流した。

涙《なみだ》をふいて、きゅっと唇《くちびる》をかんだ。

「わたしが『魔法《まほう》』を使えたら……」

雨は降りしきる。灰色《はいいろ》の空から。

「魔法《まほう》を使えたら、さよならしなくていいの？　ケティは、死なないの？」

もしも魔法《まほう》が使えたら。

命を守る魔法《まほう》が使えたら。

誰《だれ》も死なせないですむ、魔法《まほう》が使えたら。

わたしは、ケティの力のない腕《うで》を抱《だ》いた。ポケットのなかの動かないツバメのその軽《かる》い体を感じた。力がほしいと思った。心の底から。

わたしは傘《かさ》をにぎりしめた。ふりあげた。

折《お》れた白い傘《かさ》で天を指した。竜《りゅう》をめがけて。

言葉にならない叫《さけ》びが、のどから走った。

雨の空を貫《つらぬ》いて、天上《てんじょう》へと。

考えて、そうしたわけじゃない。ただ、あんまり悲しかったから。あんまり悔《くや》しくて、あんまり、怒《おこ》ったから。空を傘《かさ》で刺《さ》した。はるかに高い空にいる竜《りゅう》を、貫《つらぬ》こうとした。

そのとき、『奇跡《きせき》』が起きた。

傘《かさ》が、銀色《ぎんいろ》のまぶしい光を放《はな》った。星屑《ほしくず》を散《ち》らしたような光が、閉《と》じた傘《かさ》にそって走り、天上《てんじょう》の闇色《やみいろ》の竜《りゅう》の手へと駆《か》けあがる。駆《か》けあがる光は、天上《てんじょう》から伸《の》びる黒い爪《つめ》を、じわじわと砕《くだ》きながら、らせんを描《えが》いて上昇《じょうしょう》した。光のらせんは、竜《りゅう》の黒い腕《うで》を、切《き》り裂《さ》くようにのびた。上空で、風の精霊《せいれい》たちの、高い歌声とハープの音色が響《ひび》いた。それは戦いの歌。誇《ほこ》らしげな声で、メロディだなあと、わたしはぼんやりと思った。

そのとき、白い傘《かさ》が裂《さ》け、砕《くだ》けた。はじかれるみたいな衝撃《しょうげき》に、わたしは突《つ》き飛ばされ、尻餅《しりもち》をつきそうになった。けれどケティを――竜《りゅう》の爪《つめ》から解放《かいほう》されて、倒《たお》れそうになってるケティを抱《だ》きとめ、なんとかその場に踏《ふ》みとどまり、空を見あげた。

光は、大きな白い花のように、空で広がり、散《ち》った。ほどけてゆく白い光は、無数《むすう》の風の精霊《せいれい》でできていた……と、わたしはそのときになって初めて、気づいた。まぶしい。まぶしすぎて、目が開けていられない。けれど光る空に、巨大《きょだい》な黒い竜《りゅう》の姿《すがた》が見えた。光を受けて輝《かがや》く雨のなかで、そこだけ切りとってきた闇《やみ》のように、黒々と静かに浮《う》かんでた。

闇色《やみいろ》の翼《つばさ》を持つ竜《りゅう》は、赤い目で、わたしのことをじっと見下ろしていた。

その目と、見あげるわたしの目が、あった。空の上と下で。

燃《も》えさかる炎《ほのお》のような目だと思った。怒《いか》りと憎《にく》しみに満《み》ちてると思った。だから最初《さいしょ》は怖《こわ》かった。でも負けてたまるもんか、と、見つめ返したとき……竜《りゅう》の目に、深《ふか》い悲しみとせつなさを感じたような気がした。宇宙《うちゅう》の果《は》てみたいに、果《は》てしなく深《ふか》く、遠い孤独《こどく》を。

時が止まったように、天と地とで見つめあっていたけれど、そのとき、ケティが、わたしをかばうようにしながら、呪文《じゅもん》を唱《とな》えた。

「……天《てん》の光、地の恵《めぐ》み。時をこえたわが一族《いちぞく》の祈《いの》り、力となれ――〈月光剣《げっこうけん》〉」

さっきよりも大きく、さっきよりも長く早く伸《の》びる光の剣《けん》が、空へと走る。伸《の》びてゆく。

あえぎながら、笑顔《えがお》でケティがいった。輝《かがや》く剣《けん》を、空にかざしながら。

「くるみ、あなたがそんなふうに立派《りっぱ》な『魔女《まじょ》』でいてくれるなら……呪文《じゅもん》も杖《つえ》もなしでも強くなれるのなら、従者《じゅうしゃ》のあたしの魔力《まりょく》も、どこまでも強くなれるの。うん、きっとがんばれる。……そうよ、空にはじきに完璧《かんぺき》な満月《まんげつ》が浮《う》かぶ。今日の夜中の零時《れいじ》には、あなたは十一歳《さい》になる。『魔女《まじょ》の誕生日《たんじょうび》』……従者《じゅうしゃ》のあたしが、がんばれないはずがないんだわ」

光の剣《けん》は、雨の空を突《つ》く。そして竜《りゅう》のそばまでのびていくと、数十本の光の剣《けん》に分裂《ぶんれつ》した。きらめく切《き》っ先《さき》が、すべて竜《りゅう》に向かう。

黒い竜《りゅう》は、のどをそらせるようにして、体を後ろへと逃《に》がした。そして、光る刃《やいば》の群《む》れから、大きな翼《つばさ》で、自分をかばうようにすると……ふっと消えた。

空を風が吹《ふ》き渡《わた》る。まるで、風の精霊《せいれい》たちが、闇《やみ》の気配を吹《ふ》き散《ち》らそうとしてるみたいに、天《てん》と地を風が駆《か》け巡《めぐ》る。

風がやんだあと、静かに雨雲も動いてゆき、雨のカーテンも遠ざかっていった。雨が、天《てん》と地とを洗《あら》っていく。闇色《やみいろ》のネズミたちの足跡《あしあと》を消し、ケティが流した血の跡《あと》を消し、まるで何事もなかったみたいに、朝の静かな住宅街《じゅうたくがい》に、もどっていく。

空から光が差した。朝の小鳥たちが鳴き交《か》わし始める。向こうのバス通りで、思いだしたように車たちが走る音がきこえてきた。まるで、いままでのことが夢《ゆめ》だったみたいに。

でも、夢《ゆめ》でなかった証拠《しょうこ》に、わたしの白い傘《かさ》は壊《こわ》れてた。ほっぺたや手足には、ぴりぴりと傷《きず》の痛《いた》みが走る。枯《か》れた草花や、街路樹《がいろじゅ》はしおれたままになってる。そして、わたしのポケットには、軽いツバメが、いまも入ったままだった。

わたしはそっと、ツバメを手に乗せた。動かない亡骸《なきがら》を。

ケティの手が、わたしのほっぺたにふれた。外国語の呪文《じゅもん》を、ケティはそっと唱《とな》えていた。腕《うで》や足にもふれる。淡《あわ》い桃色《ももいろ》の暖《あたた》かな光がふわりと見えて、そして痛《いた》みと傷《きず》が消えた。体にたまってた疲《つか》れも、すうっと消えた。

ケティの肩《かた》の傷《きず》は、もうふさがってるみたいで、ケティは得意そうにいった。

「『魔法《まほう》』って便利《べんり》よねえ？　戦うだけじゃなく、癒《いや》すこともできる。特にこういう魔法《まほう》は、あたし得意なの。従者《じゅうしゃ》としては一流《いちりゅう》よね」

わたしは黙《だま》って、ケティを見た。手のなかのツバメを、ケティのほうに少しだけ差しだした。

ケティは、悲しそうにほほえんでいった。

「小鳥もね、人間と同じで、一度死んでしまったら、誰《だれ》にも、もう生き返らせることはできないの。どんな魔法《まほう》でもね。どんなに偉《えら》い魔女《まじょ》にも、それだけはできない。
『命は一度きり』それが、人間の世界の一番のルール。
……きれいなお墓《はか》、作ってあげようね」

6　聖《せい》なる魔女《まじょ》の伝説

ツバメのお墓《はか》は、うちの庭に作った。
うちの庭は、パパとママが精魂《せいこん》こめて造《つく》った庭で、季節《きせつ》ごとにたくさんのたくさんの花が咲《さ》いて、小鳥や虫がたくさんくるから、ツバメもさみしくはない……かもしれない。
パパはお店で忙《いそが》しそうだった。カフェのお客さんが多いみたいで、BGM《ビージーエム》の音楽といっしょに、パパや他のひとたちの笑い声がきこえる。
庭の水道《すいどう》で、手とか服とか、汚《よご》れたところを、できるだけ洗《あら》いはしたんだけど、ぬれて泥《どろ》だらけのかっこうを見られたら心配《しんぱい》されそうだったから、こっそり裏口《うらぐち》から、二階の部屋にあがろうとわたしは思った。

ケティをつれて、そーっと階段に足をおいたとき、彼女はくるりと宙返《ちゅうがえ》りして、いきなり黒い子猫に変身《へんしん》した。首の金の鈴《すず》が鳴った。

「この姿《すがた》のほうが足音がしないし、めだたなくていいでしょ？」

金色の瞳《ひとみ》が得意そうに光る。

「それとこのかっこうのほうが、疲《つか》れなくていいんだ。

こっちがあたしのほんとうの姿《すがた》だからね」

けがをしたあとの肩《かた》が、まだ痛《いた》そうだった。

ケティは階段を上りながら、自分の肩《かた》を、ときどき、小さな桜色《さくらいろ》の舌《した》でなめた。

「ケティ、あなた、猫だったの？」

もういまさら、変身《へんしん》ごときじゃ驚《おどろ》かない。

子猫は白い牙《きば》を見せて笑った。

「だからさっきからそうだっていってるじゃない？　あたしはケットシー。古い西洋《せいよう》の猫

の妖精《ようせい》よ。『長靴《ながぐつ》をはいた猫』なんて呼《よ》ばれることもあるわ。お話に出てくるあれは親戚《しんせき》」

長靴《ながぐつ》をはいた猫って、変身《へんしん》したっけ、とちょっと思い返した。昔《むかし》、絵本で読んだような。

そもそもあれは、どういうお話だったっけ？　猫が恩返《おんがえ》しをするような話だったような。

賢《かしこ》い猫は人間の言葉を話して、ブーツはいて歩いたりしてたような。

　つまり、ケットシーって、よくわからないけど、西洋《せいよう》の化《ば》け猫みたいなものなのかな？

で、その化《ば》け猫が、どうしてわたしの名前を知ってたり、ひいおばあちゃんの知り合いだったりするんだろう？

　そのときだった。あ、とわたしは叫《さけ》んだ。

あわてて口を押《お》さえて、小さい声で、

「この写真の子猫、ひょっとしてケティ？」

階段の途中《とちゅう》の壁《かべ》に飾《かざ》られてる、古い写真。

セピア色の写真のなかで笑ってるエルザさん……その腕《うで》に抱《だ》かれてる黒い子猫は。

「そうよ」と、写真のそばで子猫は笑う。

その首に輝《かがや》く金の鈴《すず》と、写真の子猫の鈴《すず》は同じで……それよりもなによりも、二匹《ひき》の子猫はまちがいなく、同じ猫だったんだ。似《に》てるとかそういうことじゃなく。だって、ケティみたいな目と表情《ひょうじょう》の猫って、他にいるはずない。

じっと見てるとわかるんだけど、黒い子猫のケティは、見るからに『魔法《まほう》っぽい』猫だった。ひとによっては、不気味《ぶきみ》だとか思うかもしれない。だって人間みたいに笑うんだよ。

「そっか。ケティは昔《むかし》からこの家にいたんだね。――あれ？　年をとってないの？」

階段を上りながら、わたしはふつうにきいてた。ケティもさらりと答える。

「昔《むかし》も子猫、いまも子猫よ。そうね、人間でいうと、くるみくらいの年になるのかしら？　妖精猫《ようせいねこ》はもともと、寿命《じゅみょう》が長い上に、九つも命を持ってるから、どれだけ人間の世界に長くいても、ひとから見れば年をとるのがゆっくりなの。あたしはずうっと昔《むかし》にアイルランドで生まれたんだけど、その頃《ころ》、その国には、お姫様《ひめさま》がいて、領土《りょうど》を争う戦争が起きていたわ。どれくらい昔《むかし》のことになるのかしら。

いまより小さかった頃《ころ》のあたしは、人間たちの戦争に巻《ま》きこまれて、ひとりぼっちになっていたときに、エルザ様の先祖《せんぞ》の魔女《まじょ》に拾われたの。それからずっとあたしは、あなたたち一族《いちぞく》を守る、『魔女《まじょ》の従者《じゅうしゃ》』になった」

ケティは、得意げに胸《むね》を張《は》る。

「あたしは昔《むかし》、寂《さび》しくて怖《こわ》かったあのときに、救《すく》ってくれた魔女《まじょ》たちへの恩《おん》を忘《わす》れないの。それってケットシーとしては当たり前のことよ？　あたしたちの一族《いちぞく》は恩返《おんがえ》しに生きるものなんだから。主《あるじ》の幸《しあわ》せが従者《じゅうしゃ》の幸《しあわ》せ」

階段をケティは駆《か》けあがる。金の鈴《すず》を鳴らしながら。ふっと懐《なつ》かしそうに、いった。

「エルザ様とお別れしたあと、あたしは六十と数年も、ずっと眠《ねむ》ってたから、ここを自分の足でのぼるのは久《ひさ》しぶりなの。懐《なつ》かしいな。この階段は昔《むかし》のままなのね」

「うん。西風早《にしかざはや》の街《まち》は、全部が空襲《くうしゅう》にあったけど……うちの店も、ほとんど焼けちゃったけど、階段だけは残ってたから、戦後に建て直したとき、そのまま使ったんだって」

古い階段には、あちこちに焼けて焦《こ》げたあとがある。昔《むかし》、エルザさんが大火傷《やけど》をしたあの八月の空襲《くうしゅう》のとき、あたりにあった古い商店街《しょうてんがい》ごと、うちのもとの店は焼けた。明治時代《めいじじだい》から続く、古い骨董《こっとう》と輸入雑貨《ゆにゅうざっか》のお店だったうちの店。天野屋《あまのや》。小さな木造《もくぞう》の洋館《ようかん》は、真っ赤に燃《も》えあがり、燃《も》え尽《つ》きた。階段と、そこにいたエルザさんと赤ちゃん、エルザさんがかばった子どもたちだけが、『魔法《まほう》』みたいに無事《ぶじ》に助かって。

あれ——『魔法《まほう》』みたいに？

いまさらながら、わたしは気づいてた。街《まち》のほとんどが燃《も》え尽《つ》きるような炎《ほのお》の海のなかで、この階段と階段にいた子どもたちとエルザさんだけが助かったって、それは『奇跡《きせき》』で。奇跡《きせき》じゃないとしたら、それは『魔法《まほう》』だ。そして、エルザさんは、『魔女《まじょ》』だった……。

階段の終わりが近づいた。上からの光を浴《あ》びたケティは、わたしをふりかえって、笑顔でうなずいた。

「そうよ。エルザ様は、魔法《まほう》でみんなを守ったの。魔女《まじょ》としてね。六十と数年前、この街《まち》が戦争で焼かれたとき、エルザ様《さま》は、逃《に》げ遅《おく》れた近所の子どもたちと、自分の赤ちゃんを抱《だ》いて、この階段までやっと逃《に》げてきたの。その日、旦那《だんな》様は、お仕事で遠くの街《まち》にいってらした。近所のひとたちはもうみんな、防空壕《ぼうくうごう》に入ったり、燃《も》える街《まち》を離《はな》れたあとで、エルザ様は、自分ひとりだけの力で、子どもたちを守らなくちゃいけなかったの。昔《むかし》はこの階段は、二階にじゃなく、一階から地下に掘《ほ》った防空壕《ぼうくうごう》に通じてた。安全な地《ち》下室《かしつ》まで逃《に》げることができれば、みんな助かるはずだったけど、小さい子どもたちは速《はや》く走ることができなかった。エルザ様と子どもたちは、階段の途中《とちゅう》で、炎《ほのお》にとりまかれたの」

わたしは無意識《むいしき》のうちに、階段の手すりを握《にぎ》りしめていた。手すりを通して、階段の『声』がきこえるような気がした。『記憶《きおく》』が伝わってくる。

……熱かった。空気そのものが燃《も》えあがってるみたいで、目なんか開けていられない。皮膚《ひふ》が髪《かみ》が乾《かわ》いて焦《こ》げていきそうだ。天井《てんじょう》も燃《も》えてるのか、はらはらと火の粉《こ》や燃《も》える木のかけらがたまに落ちてきた。熱くなった空気は、風を生み、熱湯《ねっとう》みたいな空気を、エルザさんたちに吹《ふ》きつけてくる。そんななかで、エルザさんは束《たば》ねた赤い髪《かみ》を振《ふ》り乱《みだ》し、赤ちゃんを抱《かか》え（ああ、わたしのおばあちゃんだ）、子どもたちの手を握《にぎ》りしめながら、炎《ほのお》をにらみ、階段の途中《とちゅう》に立っていた。黒い子猫のケティも、足を踏《ふ》んばってそこにいた。

「エルザ様は、ふつうなら、それくらいの炎《ほのお》、あっというまに消せたと思うの。風の精霊《せいれい》や水の精霊《せいれい》を呼《よ》んで、魔法《まほう》の杖《つえ》のひとふりで、燃《も》えさかる炎《ほのお》を消せたと思う」

ケティが静かにいった。

「でもね。エルザ様は、赤ちゃんを産《う》んだばかりだった。それでだいぶ血を失《うしな》っていたから、魔法《まほう》がうまく使えなかったの。その上に、街《まち》を焼いた炎《ほのお》は、人間の戦争が起こした炎《ほのお》だった。魔女《まじょ》が使う精霊《せいれい》の魔法《まほう》は、清《きよ》らかな心がもとになっている契約《けいやく》の魔法《まほう》。精霊《せいれい》たちは、人間を愛《あい》しているけれど、人間のよどんだ心は苦手《にがて》なの。その場にいることができないの。だから、ひとの憎《にく》しみや悲しみ、恐怖《きょうふ》がいっぱいにたちこめたその炎《ほのお》のなかでは、エルザ様の魔力《まりょく》は、ほとんど意味を持たなかった。精霊《せいれい》たちをかんたんに呼《よ》ぶことができなかった。

それでもエルザ様は、魔法《まほう》を使おうとした。自分の赤ちゃんと、街《まち》の子どもたちを守るために。だから自分の命とひきかえに、ありったけの力で精霊《せいれい》たちを呼《よ》んで、炎《ほのお》からこの階段を守《まも》る、『魔法《まほう》の壁《かべ》』を作ったの。あたしもそれを手伝った。でも、魔女《まじょ》の従者《じゅうしゃ》の力は、主《あるじ》の力と比例《ひれい》するから、エルザ様の力がほとんどなかったそのとき、あたしはがんばっても……がんばったんだけども……」


古い階段は、わたしにそのときのことを『見せて』くれた。

炎《ほのお》の海のなかで、魔女《まじょ》エルザは、白銀《はくぎん》に輝《かがや》く魔法《まほう》のバリアーを張《は》った。その手には、光でできた『魔法《まほう》の杖《つえ》』があった。そう。あれが、魔法《まほう》の杖《つえ》というものなんだろうと思う。見るからに、『魔法《まほう》っぽい』、りんとした力を放《はな》ってるのがわかる、金色《きんいろ》の魔法《まほう》の杖《つえ》。

杖《つえ》のまわりには、風の精霊《せいれい》と、そしてわたしがまだ見たことがなかった、でも一目《ひとめ》でそうとわかる、美しい水の精霊《せいれい》たちが集まり、エルザさんに力を貸《か》していた。

子猫のケティも、エルザさんを支《ささ》えるようにして、そばに立っていた。エルザさんと赤ちゃん、子どもたちが火傷《やけど》をしないように、自分は毛皮《けがわ》をたまに燃《も》やしながら、天井《てんじょう》から舞《ま》い散《ち》る炎《ほのお》のかけらを魔法《まほう》で振《ふ》りはらい、舞《ま》い飛んでくる燃《も》える木のかけらを爪《つめ》で砕《くだ》いた。

でもやがて、ケティも、エルザさんも、力尽《つ》きるときがきた。泣いている子どもたちを、ふたりでかばうように抱《だ》きしめて、そして階段は、炎《ほのお》にとりまかれていった……。

それからまもなく、あたりをおおっていた炎《ほのお》の波はおさまった。奇跡《きせき》のように降りだし

た雨が、街《まち》を焼いていた炎《ほのお》を消したんだ。

「まったく」つんとしたようにケティがいう。

「あのときは自慢《じまん》の毛皮《けがわ》が焦《こ》げるし焼けるし、ほんとにやだったのよ。

そもそも、あたしはエルザ様の赤ちゃんはともかく、近所の子どもたちなんて見捨《みす》てればいいのにって、思ったんだからね？　あたしとエルザ様、エルザ様の赤ちゃんだけなら、すぐに安全な場所へ逃《に》げていくことができたのよ。足手《あしで》まといな子どもたちなんて、見捨《みす》ててそこにおいていきさえすればね」

「ちょっと、『見捨《みす》てればいいのに』って……」

階段の精霊《せいれい》がかすかに笑うのを感じた。

うん。『階段の記憶《きおく》』によると、ケティは近所の子どもたちを本気で心配して守っていたんだから。なにを悪ぶってるんだろう？

ケティはいらいらしたようにいった。

「あたしはずうっとエルザ様といっしょだったから、全部を覚《おぼ》えてるの。エルザ様が、どんなふうにこの街《まち》で暮《く》らしていたか。この街《まち》を好きだったたか。なのにうけいれてもらえなかったか。それがさみしくて、泣いてたか」

「さみしかった？　エルザさんが……？」

残ってる写真では、あんなに幸《しあわ》せそうに、ほほえんでいるのに？

「いまはどうかしらないけど、昔《むかし》の、『戦時中《せんじちゅう》』の日本では、海を渡《わた》って外国からやってきた旅人なんて、あやしい以外の何者でもなかったのよ。日本はその頃《ころ》、外国と戦争《せんそう》をしていて、エルザ様の姿《すがた》は、『外国人』そのものだったんだから。……でもね。エルザ様は日本人と結婚《けっこん》した。それに当時《とうじ》日本とは仲良しだったドイツの国籍《こくせき》を持ってた。だから、ほんとはあんなふうに、街《まち》のひとたちから冷たくされる必要ってなかったんだと思うの。けど、『見た目がちがう』エルザ様は、この街《まち》で友だちができなかった。魔女《まじょ》だってことは秘密《ひみつ》にしてたけれど、同じ人間として、大好きなこの街《まち》で、みんなと仲良く暮《く》らしたかっただけなのに、誰《だれ》も仲間に入れてくれなかった。街《まち》の大人たちはエルザ様に優《やさ》しくなかった。友だちになってくれなかった。

エルザ様は、船で港に降り立ったその日から、この西風早《にしかざはや》の街《まち》が好きになって、ここを故郷《こきょう》にできたらいいなって思ってたのに。友だちがほしかったのに」

わたしは思いだしていた。

パパにきいたことがあった。ひいおばあちゃんの時代《じだい》には、この店は、街《まち》とあまりうまくいってなかったんだって。でもそれは、ひいおばあちゃんが外国のひとだからっていうよりも、むしろ、ひいおじいちゃんが戦争《せんそう》にいけなかったからだってきいたと思う。

ひいおじいちゃんは、生まれつき体が弱かった。だから兵隊《へいたい》さんの検査《けんさ》に不合格《ふごうかく》になって、戦争《せんそう》にいけなかったんだ。街《まち》のほとんどの若者《わかもの》が、遠い外国の戦場にいって戦って、南の島で死んでしまったとか、海に船ごと沈《しず》んだとか、そんな悲しい知らせが続くなかで、戦争にいかないですんでしまったひいおじいちゃんは、街《まち》のひとたちから冷たい目を向けられた。

家の仕事は骨董品《こっとうひん》と輸入《ゆにゅう》した雑貨《ざっか》のお店。国がたいへんなときに、生活に必要がない贅沢《ぜいたく》な品物を売ってる、と、悪口もいわれたらしい。頼《たよ》りになる両親は早くに死んでしまっていた。エルザさんと出会うまでは、ひいおじいちゃんは街《まち》でひとりぼっち。お客さんもめったにこない店で、店番をしながら、ドイツ語の勉強をしたり、本を読んだり、小さな音でレコードを鳴らしたりしていたそうだ。お金持ちの家だった。食べることには困《こま》らなかった。でも、その時代――若《わか》い頃《ころ》のひいおじいちゃんはいつも寂《さび》しかった。

そんなとき、ひいおじいちゃんは、エルザさんと出会ったんだ。

そしてふたりは恋《こい》に落《お》ち、結婚《けっこん》した。

ひいおじいちゃんもそしてエルザさんも、最初《さいしょ》から、たいへんな暮《く》らしになるかも、とは思っていたのかもしれなかったんだそうだ。

あの頃《ころ》の日本は、みんな追いつめられてて、苦しかったんだ。だから、クラスでいじめがあるみたいな感じで、弱いもの変わったものは、いじめられたんじゃないだろうか？『ふつうじゃない』ものたちは仲間に入れないっていうことで、街《まち》のひとたちは、結《むす》びついていっていたのかもしれない……。

ケティは、ひげをたれた。

「街《まち》のひとたちはいつも、エルザ様や旦那《だんな》様の陰口《かげぐち》や悪いうわさをいったりしてた。……街《まち》の子どもたちは、たまにあかんべをしたりするときもあったけど、エルザ様になついてくれたから、まあかわいくもあったんだけどね。エルザ様も、あの子たちをかわいがってたし。あの子たちもエルザ様の赤ちゃんを、みんなでかわいいっていってくれて。あの日も、みんなで、うちの赤ちゃんを見にきたときの空襲《くうしゅう》だったから……まあしかたがなかったのよね」

ふう、と、ケティはためいきをつく。

わたしは階段を上って、ケティのそばに立った。ケティはわたしを見あげた。

「子どもたちを助けてくれたっていうので、あの空襲《くうしゅう》のあとから急に、街《まち》のひとたちが改《かい》心《しん》してさ、優《やさ》しくなったの。ひどい火傷《やけど》で寝《ね》こんだエルザ様のかわりに、みんなで赤ちゃんの面倒《めんどう》を見てくれたりとかね。あたしなんか『忠猫《ちゅうねこ》』っていわれて、寝《ね》こんでる枕元《まくらもと》にかつおぶし置《お》かれたわ。それまでは、この家は、猫なんて飼《か》うなんて贅沢《ぜいたく》だってにらまれてた。いまにも『供出《きょうしゅつ》』されて殺《ころ》されちゃって、兵隊《へいたい》さんたちのための毛皮《けがわ》にされちゃいそうな勢《いきお》いだったのによ？」

そのときのことを思いだしたのか、ケティはひげをゆらして、ふっと笑った。そして、「かんたんな改心《かいしん》はどうかって思うけど、最後の最後になってでも、街《まち》のひとたちが心を開いてくれたのは、エルザ様のためにはよかったなって思ったわ。エルザ様はほんとうに、街《まち》のひとたちが好きで、輪《わ》のなかに入りたいって思ってたから。街《まち》のひとたちに見守られて、大事にされて、嬉《うれ》しそうだったなあ、エルザ様。

まあね。思うのよ。街《まち》のひとたちも悪人だったわけじゃなかったんだなって。エルザ様がいってたわ。『人間は弱いから、ほんとはいいひとでも、なにかの弾《はず》みで、他の誰《だれ》かを傷《きず》つけてしまうこともある。いじめてしまうこともある。でもあとで、そのことを悪かった、って思ったりもするのよ』って。『他に見ているひとがいないときは、わたしやうちの人に優《やさ》しかったり優《やさ》しくしてくれるひともいるからいいの』って。『ひとはいつだって強くいることはできない。それはわたしだってそう。でも、わたしは、人間が好きだ』って。『心の奥《おく》には強さや優《やさ》しさがあるって信じてるから好きなの』って」

わたしはうつむいた。

わたしは……わたしも人間は大好きだけど、そんなふうにまで、いえるかな。わたしはそこまで、人間を信《しん》じられるのかなあ。まわりのひとみんなに冷たくされても、友だちがいなくても人間を好きなままでいられるかなあ。

「エルザさん、いいひとだったんだね。……わたしのひいおばあちゃんは、そういう優《やさ》しいひとだったんだ。強いひとだったんだ。……会ってみたかったなあ」

生きてたとしても、会える年齢《ねんれい》じゃないってわかってる。

でも、会ってみたかった。

わたしは部屋のクローゼットからバスタオルを出した。自分のぬれた頭をふきながら、ケティをそっとふいてあげようとしたとき、ケティが、輝《かがや》く金色の目で、いった。

「今夜、エルザ様に会えるかもしれないの。『伝説《でんせつ》の満月《まんげつ》』が輝《かがや》く夜に、『薔薇園《ばらえん》』で。

ねえ、会いにいく？」

「え？」

わたしはきき返した。

「会えるかも、って……ひいおばあちゃんは、一九四五年の夏に死んじゃったんじゃなかったの？　どうして、『今夜』会えるの？」

「それはね」と、黒い子猫は笑う。

「今夜が『伝説《でんせつ》の夜』で、エルザ様が、魔女《まじょ》だから。『薔薇園《ばらえん》』でまた会おうって、エルザ様がいったからよ」

なぞめいた言葉をケティはいって、笑った。

7　薔薇園《ばらえん》で会いましょう

夜遅《おそ》くまで、お店にはお客さんがたえなかったみたいだった。カフェにも雑貨屋《ざっかや》さんにも。夜遅《おそ》くには、輸入雑貨《ゆにゅうざっか》のほうのお仕事の関係のひとがお店にくる予定になってた。そのひとはパパの古い友だちでもあって、夜通《よどお》し飲み明かすことになるってわかってる。わたしは今夜はたぶん、パパとゆっくり話す時間はないだろうな。

この混雑《こんざつ》が、明日の木曜日、わたしの誕生日《たんじょうび》でなくてよかったな、と、思った。お店がにぎやかなのはなれてるし、楽しそうな雰囲気《ふんいき》も好きだけど、パパがお店にずっといるのは、やっぱりさ、ちょっとだけ、さみしかったりもする。

小さい頃《ころ》から、こういうのにはなれてる。お店が楽しそうでにぎやかで、家のほうは暗くて、静かな感じには。

うん。なれてるんだけど、でもやっぱりちょっとさみしいかなあ？　ちょっとだけね。

途中《とちゅう》で下に夕《ゆう》ご飯《はん》を食べにいったけれど、カフェにお客さんがたくさんいたから、パパとはほとんど話せなかった。笑顔と視線《しせん》で会話しただけ。

だけど、テーブルにはパパの置《お》き手紙。

『明日は、レモンパイを焼いておくからね。かわいいろうそくも用意しておいたから』

パパのレモンパイって、最高に美味《おい》しいんだ。わたしはカウンターに入っているパパに、こちらから手を振《ふ》り、口の動きで、ありがと、と、いった。


夜中の零時《れいじ》になる少し前に、子ども部屋の前に静かな足音がして、コトンと、なにかをおく音がした。足音は少し部屋の前にたたずんで、やがてそっと階段を下りていった。

電気を消して寝《ね》たふりをしていたわたしは、そうっと、ベッドから起きあがり、扉《とびら》を開けた。想像《そうぞう》したとおり、赤いリボンをかけた大きな包みがあった。『お誕生日《たんじょうび》おめでとう』

と書かれたきれいなカードと。

わたしは包みを抱《だ》いて、部屋に入れた。大きな包みは、重たくて、そして堅《かた》い。

パパはいつも、クリスマスみたいに、贈《おく》り物《もの》を真夜中に届《とど》けてくれる。いつからかそういうことになった我《わ》が家の習慣《しゅうかん》だけど、誕生日《たんじょうび》の零時《れいじ》少し前に世界で一番早いお祝《いわ》いを、パパはわたしにくれることになってるんだ。

このお祝《いわ》いはそして、ママからのお祝《いわ》いでもあった。ほら、カードには『パパとママより』って書いてある。わたしは赤いリボンの包みを抱《だ》きしめて、ありがとう、っていった。

わたしはリボンをほどいた。きれいな包装紙《ほうそうし》を破《やぶ》らないように大切に開けた。そして、一角獣《いっかくじゅう》のぬいぐるみを、部屋のなかに出してあげた。青いガラスの目は、きらきらと、海のように光った。わたしのぬいぐるみになれたことを、喜んでるみたいだった。

枕元《まくらもと》のオルゴール時計が、十二時を告げた。

「お誕生日《たんじょうび》おめでとう、くるみ」

いまは黒いワンピースに白いエプロンドレス姿《すがた》にもどったケティが、ほほえむ。

そして、呪文《じゅもん》を唱《とな》えながら、宙《ちゅう》でくるりと指をまわすと、湯気《ゆげ》の立った美味《おい》しそうな紅《こう》茶《ちゃ》と焼きたてのクッキーを、銀のお盆《ぼん》にのせて、どこからともなくとり出した。

「あの、これ、どこから……？」

「ないしょ。そういう魔法《まほう》なの。あたしは究極《きゅうきょく》の従者《じゅうしゃ》だから、これくらいかんたんなことよ」

ケティはにっこり笑って、わたしに、さあどうぞ、と、お茶を差しだす。ふわりといい香《かお》りがした。この香《かお》り、アールグレイだ。それもとっておきの茶葉《ちゃば》を使ってるとみた。クッキーはラングドシャ。こちらも高級なバターと、砂糖《さとう》と、バニラビーンズでできてるなあ。

お茶もクッキーも美味《おい》しいのはいうまでもない。

『魔法《まほう》みたいに』って、当たり前かもだけど。

ケティが、うたうようにいった。

「お誕生日《たんじょうび》おめでとう、ご主人様」

「ご、ご主人様はやめようよぅ」

「あら、遠慮《えんりょ》しないでよ。だってほんとに実際《じっさい》に、あなたはあたしのご主人様なんだもの」

楽しそうにケティはいった。そして、金色の目を薄闇《うすやみ》のなかで輝《かがや》かせながら、もう一度、
「お誕生日《たんじょうび》おめでとう」とくりかえした。
「十一歳《さい》の誕生日《たんじょうび》は、ひとが魔女《まじょ》として生まれなおす年だっていわれてるの。その日、魔《ま》女《じょ》の子は二度目の誕生《たんじょう》をする。魔女《まじょ》としてのお誕生日《たんじょうび》、おめでとう、あたしのご主人様」

わたしたちは、深夜《しんや》の子ども部屋の床《ゆか》に座《すわ》って、明かりを落とした部屋で、お茶会をした。窓《まど》には満月《まんげつ》。完璧《かんぺき》に丸い月が、青い空で静かに光り、わたしたちを見下ろしていた。満月《まんげつ》は『魔女《まじょ》の月』なのよ、と、ケティはいった。自分のはまたたびリキュール入りだっていう紅茶《こうちゃ》を飲みながら。「それからね」と、ケティはいった。満月《まんげつ》の夜には、魔女《まじょ》や魔法使《ほうつか》い、精霊《せいれい》たちの使う魔法《まほう》の力は強くなるんだって。だから今夜のお茶とお菓子《かし》は、いつもよりさらに美味《おい》しいはずなんだって。

そして、ケティはいった。きちんと床《ゆか》に座《すわ》りなおして、わたしの目を見つめて。

「くるみ、生まれてきてくれてありがとう。ずっとトランクのなかで眠《ねむ》っていたわたしが、目覚《めざ》めることができたのは、魔力《まりょく》が強いあなたが生まれてきてくれたからなの。従者《じゅうしゃ》の魔《ま》力《りょく》は、主《あるじ》の魔女《まじょ》の魔力《まりょく》と比例《ひれい》する。あなたのおばあちゃんもそしてママも、魔女《まじょ》としてはあまり力がなかった。わたしが目覚《めざ》めるには、魔力《まりょく》がたりなかったの。

十一年前、あなたが地上に生まれたときに、あたしはやっとトランクのなかで、少しだけ指を動かすことができた。それからあなたが育っていくうちに、あたしは少しずつ、自分が誰《だれ》か思いだし、深《ふか》く呼吸《こきゅう》したり、瞬《まばた》きしたりできるようになった。

一度死んで命を一つ失ったあたしが、また元気をとりもどすことができたのは、あなたがいつもトランクのそばにいて、笑ったりおしゃべりしてくれていたりしたから。新しい主《あるじ》であるあなたから流れこんでくる、暖《あたた》かな気持ちが、少しずつ、あたしの傷《きず》を癒《いや》したの。

トランクのなかで眠《ねむ》りながら、少しずつ目覚《めざ》めながら、あたしは十年間、いつも、あなたやパパの会話をきいてたの。楽しそうだな、幸《しあわ》せそうだな、あったかいな、って思ってた。あたしは昔に、あなたたち一族《いちぞく》につかえると誓《ちか》ったから、新しい主《あるじ》が誰《だれ》でもお守りしようって決めていた。けれど、くるみ、あなたが主《あるじ》で、ほんとうによかったわ。心から思う」

さっきケティは、ひいおばあちゃんの『真実《しんじつ》』を話してくれた。そのひとが、この世とさよならするときに、笑顔でいられたわけを。

ひいおばあちゃんは、ただ死んだわけじゃないのだ、とケティはいった。

魔女《まじょ》エルザには、未来を予知《よち》する力があった。一九四五年の夏にひどい火傷《やけど》を負《お》って、部屋で眠《ねむ》っていたときに、『未来』の夢《ゆめ》を見たんだそうだ。戦争が終わって平和になった、遠い未来の風早《かざはや》の街《まち》の夢《ゆめ》。その街《まち》で、恐《おそ》ろしい病《やまい》が流行する夢《ゆめ》を、エルザさんは見た。

その恐《おそ》ろしい病《やまい》は、ひとの科学では治せない。『呪《のろ》い』によって起きる『魔法《まほう》』の病気だった。そしてエルザさんは、上空に広がる、黒い竜《りゅう》の翼《つばさ》を見た。その竜《りゅう》が、街《まち》に災《わざわ》いを引き起こしている源《みなもと》だと、彼女にはわかった。

「エルザ様は、自分の魂《たましい》を、未来の世界に飛ばしたの。魂《たましい》だけ、未来の西風早《にしかざはや》へと飛んでいった。魔女《まじょ》である自分が、そこで竜《りゅう》と戦うために」

未来の風早《かざはや》の街《まち》に、邪悪《じゃあく》なものと戦うための『魔法《まほう》の杖《つえ》』がないということが、エルザさんには感じられたからだった。『杖《つえ》を持つ魔女《まじょ》』がいなければ、あの竜《りゅう》を倒《たお》すことはできない。街《まち》は滅《ほろ》びてしまうだろう。まるで、自分の時代に戦争で焼き尽《つ》くされたときのように、たくさんのひとが死ぬだろう。苦しみながら、死んでいくだろう。

だから、エルザさんは『未来』へと旅立った。魂《たましい》だけで、時を超《こ》える魔法《まほう》を使った。

「そして、エルザ様は、『未来』の西風早《にしかざはや》の街《まち》にいって、そこで竜《りゅう》を倒《たお》して、昭和二十年の夏に帰ってきた。未来の街《まち》を守って、安心して帰ってきた。……でも、それはとても力のいることだったから、エルザ様は命の最後の力を使い果《は》たして、そのままお亡《な》くなりになったの。旦那《だんな》様や赤ちゃんに、さよならをいう時間もなかった……。あたしもそうして、死んだの。エルザ様が魔法《まほう》を使うのに、あたしの魔力《まりょく》と命の力も貸《か》してあげてたから」

ケティは、目を伏《ふ》せてそういった。

そして、いったんだ。

「時を超《こ》えて、エルザ様が向かったのは、『いま』あたしたちがいるこの平成《へいせい》の風早《かざはや》の街《まち》よ。あのときそばにいて、魔法《まほう》に力を貸《か》したあたしだから、わかるの。エルザ様は、『今夜』のこの街《まち》にきた。この街《まち》の、『薔薇園《ばらえん》』にきた。……いま、時間と空間を渡《わた》るエルザ様の気配が、近づいてきてるのがわかるの。耳にエルザ様の足音を、息づかいを、感じる」

ケティはそっと耳に手を当てた。目を閉《と》じた。遠い遠いひとの、足音がきこえるというように。すうっと涙《なみだ》が目元に浮《う》かんだ。

「えっと、ケティ。その『薔薇園《ばらえん》』って、どこのことなの？　ここからいけるところ？」

こくん、と、ケティがうなずいた。

「西風早《にしかざはや》の、丘《おか》の公園の、薔薇園《ばらえん》のあたり……。あそこが、この街《まち》の『中心』なの。人間にはわからないと思うんだけど、『魔法的《まほうてき》』常識《じょうしき》からいって、あの場所には意味があるの。あそこは、この街《まち》の〈魔法《まほう》の力場《りきば》〉なのよ」

「まほうの、りきば？」

「精霊《せいれい》たちの力が、いっぱいに集まっていて、魔法《まほう》の力がいっぱいにたまってる場所なの。あの場所の近くで誰《だれ》かが魔法《まほう》を使えば、その魔法《まほう》は強い魔法《まほう》になる。土地の精霊《せいれい》たちの力が、あそこには集まっているの。その力が、魔法《まほう》に力を貸《か》すからよ。そして今夜は満月《まんげつ》。満月《まんげつ》もまた、魔法《まほう》に力を貸《か》すから、今夜あの場所で魔法《まほう》を使えば、それは大きな力になる。あそこに、今夜、きっと、黒い竜《りゅう》は現《あらわ》れる。この街《まち》を滅《ほろ》ぼすために。そして、それを止めるために、時の彼方《かなた》から、エルザ様がいらっしゃるのよ」

「わかった。丘《おか》の公園ね。よかった。あそこなら、すぐにいける」

わたしは、立ちあがった。あの公園だったら、西風早《にしかざはや》の住宅地《じゅうたくち》あたりの丘《おか》の上の、古い小さな公園だ。小さな薔薇園《ばらえん》と、古いガラスの温室《おんしつ》がある。昔《むかし》の戦争の時代よりも前から、そこにあったという薔薇園《ばらえん》だった。

その公園は、誰《だれ》の公園でもなかった。誰《だれ》が作ったものかもわからない。いつのまにかそこにあった、西風早《にしかざはや》の街《まち》のひとたちみんなの公園だった。街《まち》の植物好きのひとたちが、ひっそりと、いつのまにか花たちの手入れをして、そうして守ってきた公園だった。

戦争の時代、日本では、薔薇《ばら》なんて育てるより、お芋《いも》の畑にしたほうがいいといわれていた。薔薇《ばら》にやるための肥料《ひりょう》は手に入らなくなっていた。温室《おんしつ》のガラスは光って、『敵機《てっき》が来襲《らいしゅう》』したときに、攻撃《こうげき》の目標《もくひょう》になるから、ほんとは壊《こわ》さなきゃいけなかった。

でも、小さな公園と薔薇《ばら》は、街《まち》のいろんなひとたちの手で、そっと隠《かく》され守られてきた。だから、あの公園には、いまはよその街《まち》にはないような、オールドローズが咲《さ》いてるんだ。

そんな話が、公園に立つ古い看板《かんばん》に書いてある。この看板《かんばん》も、昔《むかし》、戦争が終わってすぐの頃《ころ》に、街《まち》の誰《だれ》かが作って立てたもの。誰《だれ》が書いたものかは、みんな知らなかった。ひょっとしたら知っているひともいるのかもしれない。でも、あえていわないのが、あの丘《おか》の小さな公園を好きなひとたちの間のルールだった。

「いこう。ケティ。ひいおばあちゃんに会いにいこう」

わたしもそのひとに会いたかった。エルザさんに会ってみたかった。でも、なによりもまず、ケティを、そのひとに会わせてあげたかった。

ケティも、涙《なみだ》をふいて立ちあがった。

そのときだった。窓《まど》から差しこんだ月の光が、床《ゆか》においた一角獣《いっかくじゅう》のぬいぐるみに当たり、海の色の目がきらめいた。わたしを見つめた。

一角獣《いっかくじゅう》の声がきこえた。

『連れていって』と。

『ぼくも、あなたといっしょにいきたい。友だちとして、あなたの力になりたいんだ』

青いガラスの目は、太陽の光を受けた波のように輝《かがや》く。わたしは、まばらに毛がはげたその固《かた》い首筋《くびすじ》に手をふれた。色あせてもつれた、たてがみを、そっとなでた。

「ありがとう。わたしもいっしょにいたい。でも、今夜はちょっとだけお留守番《るすばん》しててね」

いくらなんでも、この大きな重いぬいぐるみは、山の上の丘《おか》の公園には連れていけない。

あそこにいくには、まず商店街《しょうてんがい》方面に歩いていって、それから公園へ上る石段《いしだん》と坂道を、けっこう上らなきゃいけないんだ。

「一角獣《いっかくじゅう》さん、ごめんね。あなたがもし、ぬいぐるみじゃなく、ほんとうの一角獣《いっかくじゅう》で、自分で動ければよかったんだけど……」

一角獣《いっかくじゅう》の目に涙《なみだ》が浮《う》かんだ……ように見えた。

うわあ、これは困《こま》ったなあと思ったとき、ケティがいった。

「祈《いの》ってみたら？」

「え？」

腕組《うでぐ》みしているケティの目は、おもしろそうに、きらきらと輝《かがや》いてた。

「今夜は満月《まんげつ》よ。魔法《まほう》の力が強くなる夜。いまは夜中の十二時。満月《まんげつ》がいちばん高くあがっ

て、人間の世界を照《て》らしてる時間。そしてあなたは十一歳《さい》。今夜、生まれたての魔女《まじょ》。月はあなたを祝福《しゅくふく》して、いっぱいの魔力《まりょく》を与《あた》えてくれるわ、きっと。だから祈《いの》ってみて」

「祈《いの》る？」

「そう。今日あなたは、魔法《まほう》の杖《つえ》がないのに、魔法《まほう》を使ったわよね？　呪文《じゅもん》を知らないのに、竜《りゅう》と戦えたわよね？　あれはたぶん、あたしを助けようと思ってくれたから……。祈《いの》ってくれたから、よね？　あのときの願いが叶《かな》ったのは、祈《いの》る心が強かったから。そしてきっと、あなたの誕生日《たんじょうび》が近くにきていたから。月が満《み》ちようとしていたから。誕生日《たんじょうび》なんだもの。魔法《まほう》の杖《つえ》がなくたって、心から祈《いの》る思いがあれば、きっともうひとつくらいは、願い事が叶《かな》うかもしれないわ」

わたしは、あのときのことを思った。ケティがもう死んじゃうかもしれないと思ったときのことを。そして、あのときの祈《いの》りと願いが、どこかの誰《だれ》かにきき届《とど》けられたことを、いまさらながら、感謝《かんしゃ》した。

ケティは、一角獣《いっかくじゅう》の目をのぞきこむ。

「それにこの子。ただの古いぬいぐるみじゃない気がするわ。なにか、『魔法《まほう》』に近い存在《そんざい》のような気がする。『魔法《まほう》っぽい』もん」

魔法《まほう》っぽい。そうだ。わたしは、同じことをこの子に感じたんだった。この一角獣《いっかくじゅう》は、ふつうのぬいぐるみじゃない。わたしのそばにいなきゃいけない友だちなんだって。

「……この子はわたしに、『縁《えん》』がある」

口をついて、言葉が流れだす。

ぬいぐるみが、動けないはずのぬいぐるみが、ふうっとうなずいたような気がした。

「……それならきっと、わたしの、わたしとこの子の願いは、月に届《とど》くはず」

いっしょにいたいって願いは、叶《かな》うはず。

わたしは、一角獣《いっかくじゅう》の背中《せなか》に手を乗せた。

目を閉《と》じる。そして祈《いの》った。

やがて、目を閉《と》じていても、まぶしさを感じるほど、月の光が部屋に差しこんできた。

そして……。

気がつくと、手を置《お》いた背中《せなか》が、温《あたた》かくなっていた。高さが、わたしの背丈《せたけ》くらいに持ちあがった。たてがみが柔《やわ》らかい。そして、温《あたた》かくしめったなにかが、わたしの顔にふれた。目を開ける。そこに一角獣《いっかくじゅう》の顔があった。もうガラスじゃない、まばたきする青い瞳《ひとみ》が。柔《やわ》らかく呼吸《こきゅう》する鼻と口がそこにある。

一角獣《いっかくじゅう》のぬいぐるみは、馬くらいの大きさがある、生きた一角獣《いっかくじゅう》になってたんだ。あちこちはげていたぼさぼさの毛並《けな》みは、いまは雪のように輝《かがや》く白いつややかな毛並《けな》みに。額《ひたい》の角《つの》は、金細工《ざいく》みたい。たてがみと長い尾《お》は、白と金を混《ま》ぜた高級《こうきゅう》な絹《きぬ》でできてるみたい。すりよる首も胸《むね》も温《あたた》かくて、心臓《しんぞう》が動く音がきこえた。床《ゆか》をことことと嬉《うれ》しそうに踏《ふ》みならす蹄《ひづめ》は、琥珀《こはく》でできてるみたいだ。きらきらと星を散《ち》らすように光る。

そして、一角獣《いっかくじゅう》が、ふるりと首を振《ふ》ると、背中《せなか》から、輝《かがや》く二枚《まい》の大きな翼《つばさ》がはえた。

『ふたりとも、ぼくの背中《せなか》に乗って』といった。

ケティが、ベランダへの扉《とびら》を開けた。夜風《よかぜ》にカーテンがふわりとひろがる。

はじめてのった一角獣《いっかくじゅう》（……ていうか、これはもう天馬《てんま》なのかな）の背中《せなか》は、ふんわりとして温《あたた》かかった。外国の上等《じょうとう》な絹《きぬ》のハンカチみたいに、すべすべとして気持ちがいい。

一角獣《いっかくじゅう》は、わたしとケティを背中《せなか》にのせて、月夜の空へと駆《か》けだした。

蹄《ひづめ》の音はしなかったけれど、はばたくたびに、翼《つばさ》の羽毛《うもう》が風を切る音がきこえた。

冷たい夜風が、顔に当たる。わたしとケティの髪《かみ》を揺《ゆ》らす。耳元をゆきすぎる風はうたうような音をたてて……ううん、実際《じっさい》に、風の精霊《せいれい》たちがうたっているんだった。歌声のなかに、かすかに、はっぴーばーすでいとぅーゆー、が混《ま》じってきこえた。

一角獣《いっかくじゅう》は、夜空を駆《か》ける。こんな夜中でも街《まち》の灯《あかり》は明るく輝《かがや》く。とくに西風早《にしかざはや》の街《まち》は、オフィス街《がい》や商業施設《しょうぎょうしせつ》が多いから、空からの夜景はきれいだ。高いビルのいろんな階に灯《あかり》がともって、宝石《ほうせき》を積《つ》みあげたように見えた。

高い空を翼《つばさ》に光を点滅《てんめつ》させながら、飛行機が飛んでる。港と停泊《ていはく》している客船《きゃくせん》にも光。そして海の波が、真上にあがる月光《げっこう》をうつして、金や銀の粉《こな》を散《ち》らしたように光ってる。

わたしの後ろに座《すわ》ってるケティが、ふと、つぶやいた。

「きれいな街《まち》……」

わたしも心からそう思った。

たくさんの灯《あかり》が、目の下いっぱいに広がっている。赤い灯火《とうか》が列を作ってるな、と思ったら、それは道路で、赤いのは車の後ろのランプなのだった。夜中のこんな時間に、車に乗って走ってるひとたちがいる。どんなひとなのかなあ。なにを考えて、どこにいくのかな。

このきらめく光の部分にも、いまは沈《しず》んで見える暗い部分にも、誰《だれ》かがいるんだ、と思ったら、胸《むね》がきゅうっと痛《いた》くなった。たくさんのひとが、いまここにいる。

「この街《まち》は、生きてるんだね……」

たくさんのひとたちの、そして生き物たちの、命でできているんだ。街《まち》は、生きている。

わたしのおなかにまわしたケティの手が、きゅっと力を入れて、抱《だ》きしめてきた。


そのときだった。

夜空に、黒い雲が流れてきた。

月の光がかげっていく。

そして、上空に、あの黒い竜《りゅう》が、大きな翼《つばさ》を広げて、舞《ま》い降りてきた。翼《つばさ》の影《かげ》で、月の光と星の光を隠《かく》すようにして。闇《やみ》で地上をおおいつくそうとするように。

竜《りゅう》の目は赤く光った。硫黄《いおう》のようなにおいの生暖《なまあたた》かい風が、あたりを駆《か》け巡《めぐ》る。黒い雲は、ただの雲じゃなかった。竜《りゅう》が吐《は》く熱い息でできていたんだ。生暖《なまあたた》かく、竜《りゅう》の息は、空をおおっていく。黒い雲のなかに、ちらちらと、炎《ほのお》のように赤い光がまたたく。白い牙《きば》が光る。ネズミだ。あの雲には、あの闇色《やみいろ》のネズミたちがいっぱいにつまってるんだ……。

胸《むね》がむかむかして、わたしはつばを飲みこんだ。いやなにおいが空に満《み》ちる。竜《りゅう》は、あの雲から、また闇色《やみいろ》のネズミの雨を地上に降らせるつもりなんだ。今夜はもっと大規模《だいきぼ》に。

わたしは、竜《りゅう》をきっとにらみつけた。

地上で見あげたときよりも、間近《まぢか》で見る竜《りゅう》は、大きくて、邪悪《じゃあく》で、恐《おそ》ろしくて。そしてはっきりと、この街《まち》の命を滅《ほろ》ぼしたいって思いに満《み》ちてるのがわかった。

そしてわたし、今夜魔女《まじょ》として生まれたわたしは、はっきりと感じとっていた。月の光で、わたしの魔法《まほう》の力が強くなったように、この竜《りゅう》の魔力《まりょく》も、強くなってるということを。

今夜、あの竜《りゅう》がまた闇色《やみいろ》のネズミを降らせたら、高い空から街《まち》じゅうに降らせたら、きっとたくさんの命が死ぬ。悪い風邪《かぜ》は街《まち》じゅうをおおい、ついに誰《だれ》かが死んだというニュースが流れるかもしれない。小鳥も犬も猫も死に、草花は枯《か》れ、街路樹《がいろじゅ》もしおれ、倒《たお》れてしまう……。

「――なんで？」

わたしは風のなかで、きいていた。

「なんであなたは、わたしの街《まち》を滅《ほろ》ぼそうとするの？　命を奪《うば》おうとするの？

あなたは誰《だれ》？　どこからきたの？」

竜《りゅう》の赤い目が、くるりとこちらを見た。

天空《てんくう》を黒い雲は流れて、たちまち空は暗さを増《ま》していく。竜《りゅう》の翼《つばさ》は広がる。まるで世界を闇《やみ》で閉《と》ざしてしまおうとするように。

そのとき、ケティがわたしの腕《うで》を引き、ふりかえらせた。どこかを指さしてる。

西風早《にしかざはや》の、商店街《しょうてんがい》の上の、丘《おか》の上……。

そう。薔薇園《ばらえん》のある公園のあたりに、銀色の光がともっていた。星のような光。

光は輝《かがや》く。そして、まるで空に伸《の》びる柱《はしら》のように、銀色の炎《ほのお》が、まぶしく空へと走った。

懐《なつ》かしい、と思った。懐《なつ》かしい色の光だった。

呼《よ》ばれてるような気がする、そんな光。夏の木《こ》もれ日《び》やラムネのあわや、海のきらめきや流れ星の色や。そんな『良《よ》い記憶《きおく》』の中にある光と同じ色。

一角獣《いっかくじゅう》は、なにもいわないのに、翼《つばさ》を羽《は》ばたかせ、わたしとケティをそちらへと運ぶ。

ほんのわずかはばたいただけのように思えたのに、すぐ目の前に、公園があった。

五月の薔薇《ばら》が、色とりどりに咲《さ》き乱《みだ》れるなかに、銀色のドレスを着て、銀色の薔薇《ばら》の花《はな》冠《かんむり》を頭上に飾《かざ》ったそのひとはいた。

とてもきれいなひとだった。長い赤い髪《かみ》が、風に流れる。片方《かたほう》の手に、星の光を集めてぎゅっとつめこんだように、まばゆく輝《かがや》く、金色の杖《つえ》を持っていた。……『魔法《まほう》の杖《つえ》』だ。

一角獣《いっかくじゅう》の背中《せなか》から、ケティが飛び降りた。そのひとの胸元《むなもと》へと。

赤い髪《かみ》のそのひとは、ケティをふわりと受けとめた。

わたしを乗せた一角獣《いっかくじゅう》は、少し遅《おく》れて、そのそばの芝生《しばふ》に、舞《ま》い降りた。

薔薇園《ばらえん》の薔薇《ばら》たちの甘《あま》い香《かお》りが、地上からたちのぼり、わたしたちを包みこむ。

泣きじゃくるケティに向けた、そのひとの、その瞳《ひとみ》の優《やさ》しさと笑顔《えがお》は、あのセピア色の写真のなかの、エルザさんそのものだった。

わたしが見つめていると、そのひとは、わたしのほうを見て、そっとほほえんだ。

わたしはなぜか焦《あせ》ってしまって、とにかく挨拶《あいさつ》しなければ、と、「こんばんは」と、いった。「えっと、その、いい夜ですね」

そのひとは、にっこりと笑った。

「ええ、いい夜ね。とても美しい夜」

温《あたた》かい声が返ってきたとき、胸《むね》の奥《おく》が、熱くなった。まるで……まるでママとお話ししているみたいだって、そう思った。

このひとの笑顔《えがお》は、家にあるたくさんの写真や絵のなかの、ママの笑顔《えがお》に似《に》てた。わたしはママの声を覚《おぼ》えていないけれど、きっとママの声は、こんなふうに温《あたた》かいんだろうな、と思った。それは気のせいじゃなく、目の奥《おく》に、耳の奥《おく》に、たしかにそんな記憶《きおく》があって、赤ちゃんのときの自分が、その記憶《きおく》を大事に覚《おぼ》えていたような気がした。大事に、忘《わす》れないようにしまっていたような。

上空に月は広がる。わたしたち魔女《まじょ》を祝福《しゅくふく》する月、力を与《あた》えてくれる、完璧《かんぺき》な満月《まんげつ》が。

エルザさんは、ケティをそっと地上へと降ろすと、上空の黒い竜《りゅう》に向かって、輝《かがや》く杖《つえ》を、ふりあげた。うたうような呪文《じゅもん》の響《ひび》きが、薔薇園《ばらえん》に流れる。

空に星の光が満《み》ちた。古い温室《おんしつ》のガラスが、それを受けてちらちらと光る。

光は地上から、空へと満《み》ちてゆく。

「天駆《てんか》ける風よ、空の祈《いの》りよ、聖《せい》なる強き光となりて、わが力となれ」

銀色の星を散《ち》らした風が、空へと舞《ま》いあがり、流れた。光る風は、空にあふれた黒い雲を、まるできれいな水が洗《あら》い流していくように、押し流し、散《ち》らしていく。

そして、光は、黒い竜《りゅう》を照《て》らした。

銀の光は、急流《きゅうりゅう》になった。まぶしく輝《かがや》く光の流れは、黒い竜《りゅう》を包みこむ。竜《りゅう》は苦しげに翼《つばさ》をたたみ、首を縮《ちぢ》めた。大きなからだが、空でふるえる。

そしてその姿《すがた》は、ふっと消えた。

ケティが指さして叫《さけ》ぶ。

「……逃《に》げたわ」

わたしにもそれはわかった。黒い竜《りゅう》の気配は、ふっと空から消えていたんだ。同時に、空は隅々《すみずみ》まで澄《す》み渡《わた》り、きれいな風が、またもと通り静かに吹《ふ》き渡《わた》っていた。

遠く、港のほうから、船の汽笛《きてき》の音がきこえた。

満月《まんげつ》の光は、静かに降り注《そそ》ぐ。

静かな夜だった。『見えない』ひとたちにはきっと、最初から最後まで静かな夜だった。

エルザさんは、薔薇園《ばらえん》に『結界《けっかい》』の魔法《まほう》をかけた。それは、あの竜《りゅう》にこの場所の精霊《せいれい》たちの魔力《まりょく》を使わせないための、〈魔法《まほう》の力場《りきば》〉を守る、『占有《せんゆう》』の魔法《まほう》だということだった。

よくわかんないけど、とにかくあの竜《りゅう》には、もうこの場所の魔力《まりょく》を使って、パワーアップすることはできないらしい。

そしてエルザさんは、丘《おか》の上から、街《まち》の夜景《やけい》を見つめていた。いつまでもずっと、見ていた。そして自分の周《まわ》りに咲《さ》く、薔薇園《ばらえん》の、五月の薔薇《ばら》たちを見た。

ふとこちらをふりむいて、ほほえんだ。

「今夜はいい夜。とても幸《しあわ》せな夜ですね。街《まち》は美しく、薔薇園《ばらえん》の薔薇《ばら》もきれいで、そして、わたしは懐《なつ》かしいケティと会えた。それから……」

優《やさ》しい目がわたしを見つめる。

「会えないはずだった、わたしの血を引く未来の娘《むすめ》、かわいいくるみちゃんにも、会えた。ほんとうに、今夜は、なんていい夜。なんて、すてきな夜なんでしょうね」

ケティは泣きじゃくりながら、エルザさんの白い手を両手《りょうて》で握《にぎ》りしめてた。まるで、もうはなすまいとしてるみたいに。

わたしにはケティの気持ちがわかった。ケティはエルザさんと今夜、再会《さいかい》できたけれど、きっともうじきに、あのひとはここを離《はな》れて、もときた時代に帰らなきゃいけないんだ。

そして、時の彼方《かなた》、一九四五年、昭和二十年の夏のこの街《まち》で、死んでしまう……。

それは『魔法《まほう》』で決められたことだから、過去《かこ》にもう決まってることだから、しかたがないんだ。しょうがないって、今夜生まれたばかりの新米魔女《しんまいまじょ》のわたしにも、わかってた。

だけど。わたしの目にも涙《なみだ》が浮《う》かんだ。

「……なんで死ななきゃいけないの？」

つい、つぶやいてた。

このひとはいま目の前にいて、こんなにいいひとなのに、なぜ死ななきゃいけないの？

きゅっと手を握《にぎ》りしめた。歯を食いしばろうとした。それでも、涙《なみだ》がぽろぽろと流れた。

わたしが泣《な》いたってしょうがないのに。みんなが悲しくなっちゃうだけなのに。

しゃくりあげながら、わたしはいった。

「……戦争があった時代に、生きて、空襲《くうしゅう》で、火傷《やけど》して、それで、それなのに、未来の街《まち》を救《すく》うために、がんばって、それで死んじゃうなんて、いいことないじゃない？　ひいおばあちゃん、なんか全然幸《しあわ》せじゃないよ……」

そっと、温《あたた》かな手が、わたしのほっぺたにふれた。

エルザさんだった。身をかがめ、わたしの涙《なみだ》をふきとってくれたそのひとは、いった。

「わたしは、幸《しあわ》せですよ。幸《しあわ》せな人生《じんせい》でした」

「幸《しあわ》せ……？」

「はい」

薔薇《ばら》の冠《かんむり》をかぶったそのひとは、迷《まよ》いのない笑顔《えがお》で、明るくそういった。

「わたしは、幸《しあわ》せな人生《じんせい》を生きました。それはまるで絵のように、物語のように、そしてわたしのつれあいが写してくれた写真のように、美しい人生《じんせい》でした。最後に、まるで魔法《まほう》の祝福《しゅくふく》のように、『いま』の西風早《にしかざはや》の街《まち》の夜景《やけい》を見ることができてよかった。これがわたしの最後の記憶《きおく》になるんですね。わたしの目が見た、最後の情景《じょうけい》」

安心しました、と、そのひとは笑う。

「遠い未来、街《まち》はこんなに見事《みごと》に復興《ふっこう》を遂《と》げるんですね。光の海のように、空のようにいっぱいに、輝《かがや》く灯《あかり》をともして。地平線《ちへいせん》いっぱいに、明るい街《まち》が広がって。西風早《にしかざはや》の街《まち》は、なんてきれいな光の街《まち》になるのでしょう。

くるみちゃん、ひとつきいていいですか?」

「……はい」

「いまの時代、この街《まち》にいるひとたちは、みんな幸《しあわ》せに生きているのですか? みんな、この街《まち》が好きですか?」

「はい」わたしは答えていた。

「えっと少なくとも、わたしは……幸《しあわ》せで、この街《まち》が大好きです」

「そうですか。それなら、よかったです」

エルザさんは、にっこりとほほえんだ。

「ずっと昔《むかし》、外国と戦っていた頃《ころ》の西風早《にしかざはや》の街《まち》を、夜に、こんなに灯《あかり》がともせなかった頃《ころ》の街《まち》を、わたしは愛《あい》していました。街《まち》が、街《まち》を吹《ふ》く風が、海が、ひとびとが、歴史《れきし》が好きだった。愛《あい》したひとや近所のひとびと、小さな子どもたちが、好きでした。ここは、幸《しあわ》せな、美しい街《まち》でした。

そう。わたしが愛《あい》したあの街《まち》は、こうして生き続け、見事《みごと》に復活《ふっかつ》を遂《と》げ、光輝《かがや》く街《まち》になっていくのですね。あなたのように、幸《しあわ》せな子どもたちが、平和に暮《く》らす街《まち》に……」

エルザさんの目は、遠く街《まち》の灯《あかり》を見つめた。

そして、エルザさんは自分が手に持っていた輝《かがや》く杖《つえ》を、わたしに手渡《てわた》した。

杖《つえ》はわたしの手のなかで虹色《にじいろ》に輝《かがや》き、そして金色の鍵《かぎ》の形のペンダントに、姿《すがた》を変えた。

「未来の魔女《まじょ》よ。一族《いちぞく》の血を引くものよ」

うたうように、エルザさんがいった。

「あなたに『王国《おうこく》の鍵《かぎ》』を譲《ゆず》りましょう。代々我《だいだいわ》が一族《いちぞく》で受けついできた尊《とうと》い使命《しめい》を、代《か》わりに与《あた》えられる大きな魔力《まりょく》を、未来に生きるあなたに、いま譲《ゆず》りましょう。月と精霊《せいれい》の恵《めぐ》みが、あなたとともにあるように。

今日からあなたが、異世界《いせかい》のかけらの一つ、〈蒼《あお》の王国《おうこく》〉の、『鍵《かぎ》の守護者《しゅごしゃ》』です」

「あお、の王国《おうこく》？　鍵《かぎ》の、しゅごしゃ……」

わたしは手のなかのきらめく鍵《かぎ》を見つめた。

横に立っていたケティが、そっとささやく。

「それは、『トランクの鍵《かぎ》』よ。そして、『偉大《いだい》な王国《おうこく》』への『扉《とびら》の鍵《かぎ》』でもあるの」

「……トランクの鍵《かぎ》？」

ちかっと、頭のなかで、光がきらめいた。

開《あ》かないトランク。あのトランクの鍵《かぎ》だ。昔《むかし》にエルザさんが持って旅していたという。

あのトランクを開ける鍵《かぎ》なんだ、これ。

開けると、なにがあるんだろう？　なにが起きるっていうんだろう？

わたしにはまるでわからない。ただ……小さな鍵《かぎ》の、でもずしりとした重《おも》さが、この鍵《かぎ》の持つ『意味《いみ》』の重《おも》さを、伝えてくるみたいだった。

とまどうわたしの頭を、そっと、エルザさんの腕《うで》が抱《だ》いた。懐《なつ》かしい感じがした。

「くるみちゃん。あなたに会えてよかった」

エルザさんがいった。あたたかい、優《やさ》しい声で。

「時を超《こ》える魔《ま》法《ほう》を使うことは、命を失うことになるとわかっていて、未来に飛ぶことは、つらいことではありませんでした。そうしたい、そうするしかない、と思いましたもの。

竜《りゅう》がくることを知った以上、街《まち》を守って戦うことが、魔女《まじょ》の使命《しめい》だと思いましたから。

でもね、たったひとつ、とても悲しかったことがあります。我《わ》が子と……生まれたばか

りのわたしのかわいい娘《むすめ》とお別れしなくてはいけなかったこと。もうそばにいてあげられなくなることです。未来の街《まち》と、そこに住《す》むひとびとを守るために、それとひきかえに、世界にたったひとりの自分の娘《むすめ》を、この手で守ってあげられなくなること。

それだけは……小さな娘《むすめ》のことだけは、時を渡《わた》る呪文《じゅもん》を唱《とな》えながら、何度も悔《く》やみ、迷《まよ》い続けました。時を超《こ》えるなんてやめて、あのままもとの世界に残り、ひととして、命の限り、我《わ》が子のそばにいようと思った瞬間《しゅんかん》もありました。でも……」

そっと、手がわたしのほほをなでた。

「わたしは、やはり、時を超《こ》えてよかった。『未来』の世界に、こんなにかわいらしいあなたが、幸《しあわ》せに暮《く》らしていることを知ることができたのですから。あなたの住《す》む、この美しい街《まち》を、わたしの手で、守ってあげることができたのですから」

エルザさんは、ゆっくりと空を仰《あお》いだ。月を見て、そしてもう一度、街《まち》を見た。

「それにしても、なんてきれいな街《まち》でしょう……」

つぶやいた言葉の、最後のほうは、もうききとることができなかった。その姿《すがた》が風に吹《ふ》かれて消えてしまうのといっしょに、ふうっと、そこからなくなってしまったからだ。

「エルザさん……ひいおばあちゃん」

わたしは、そのひとの名前を呼《よ》んだ。

でも、静《しず》かに夜の風が吹《ふ》き渡《わた》るばかりで、そのひとの優《やさ》しい手も、姿《すがた》も、もうそこには見えなかった。

わたしは金色の鍵《かぎ》を握《にぎ》りしめ、泣いた。

ママに会えたような気がしてた。

ママとお別れしたような気がしてた。

ケティが、そっとわたしの肩《かた》を抱《だ》いた。

優《やさ》しい声で、いった。

「エルザ様は、天上《てんじょう》の国にいったんだから、泣くことなんかないんだよ。あなたったら、人間のくせに知らないの？　良《よ》いことをした人間は、死んだら天国《てんごく》っていうところにいって、そこで、お別れしていた懐《なつ》かしいひとたちと会うんだ。今度こそずっと、離《はな》れないでいっしょに暮《く》らすんだよ。……だから、エルザ様も、いま頃《ごろ》は、あの空の星の世界で、旦那様《だんなさま》に会えているんだ。あんなに仲がよかったふたりが、もう二度と離《はな》れないんだ。……だから、だから、くるみ、泣くなってば」

ひとに泣くなっていいながら、ケティは、わあわあと泣きはじめた。

それがほんとうに悲しそうだったので、わたしはケティをなぐさめようとして、なにかいおうとしたら、言葉を考えてるうちに、よけいに泣けてきた。

満月《まんげつ》の光に包まれて、夜景《やけい》の光に包まれ、咲《さ》き誇《ほこ》る薔薇園《ばらえん》の薔薇《ばら》の優《やさ》しい香《かお》りのなかで、わたしたちは抱《だ》きあい、声をあげて泣いた。

わたしの手のなかで、魔法《まほう》の鍵《かぎ》は光る。空から舞《ま》い降りてきた金色の星のように、そっと光っていた。

8　<鍵《かぎ》の守護者《しゅごしゃ》>

わたしとケティは、一角獣《いっかくじゅう》の背《せ》に乗って、また子ども部屋にもどってきた。

そしてわたしは、トランクの鍵《かぎ》を開けた。

金色の鍵《かぎ》は、鍵穴《かぎあな》に差しこんで、かちりと軽くまわしただけで、あっけないほどかんたんに、トランクを開けることができた。

開いたふたのなか、トランクのなかには……。

夜空があった。

まぶしい月の光があった。風が吹《ふ》いてた。

月の光に照《て》らされた、はるかな地平線《ちへいせん》と、どこまでも続く草原と、そして、透明《とうめい》に輝《かがや》く、美しい青い城が、遠くにあった。はるかな遠くに、見えた。

わたしは首にかけた魔法《まほう》の鍵《かぎ》を握《にぎ》りしめたまま、

遠く遠くに見える城を見ていた。

どこかで見たことがあるような、透明《とうめい》な城。月の光に光る城。

「さあ、いこう、ご主人様」

ケティが、わたしの手をとって、トランクのなかに、入っていく。

ふりかえり、わたしを呼《よ》ぶ。わたしは、空に向かって足をおろしたことなんてないから、どうしようと迷《まよ》いながら、自分も足をトランクのほうへ……。

「きゃあ」

服が髪《かみ》が、風にまくれあがる。気がつくとそこは空だった。夜空だ。知らない世界の。

そこにわたしとケティは浮《う》かんでいた。

っていうか、落下《らっか》していた。ケティは猫だからか、落ちていきながら、楽しそうだったけれど、人間のわたしには耐《た》えられない。地上まで、なんであんなに遠いんだろう？

落ちたら痛《いた》い。絶対痛《ぜったいいた》い。どうしよう？

そう思いながらも、わたしの目は、近づいてくる地平線《ちへいせん》の美しい城のほうを見る。

「あのお城って……やっぱり」

見たことがある城だって、思った。

そう。月曜日の朝の、あの夢《ゆめ》のなかで。

透明《とうめい》な城は、あの朝の夢《ゆめ》と同じに、月の光に照《て》らされて、美しく輝《かがや》いていた。

わたしは思いだす。ということは、あの金の髪《かみ》のお姫様《ひめ》も、夢《ゆめ》の通りにいるのかな。

星のような銀の薔薇《ばら》が咲《さ》き誇《ほこ》る庭の、あずまやで眠《ねむ》っているお姫様《ひめ》。幸《しあわ》せそうに、楽しい夢《ゆめ》を見ているような、そんな表情《ひょうじょう》で眠《ねむ》っている、きれいなお姫様《ひめ》……。

そこへ、一角獣《いっかくじゅう》が、ふわりと舞《ま》い降りてきてくれた。わたしとケティをすくいあげるようにして、優《やさ》しく背中《せなか》に乗せてくれた。

わたしは一角獣《いっかくじゅう》の、絹《きぬ》のようなたてがみにしがみついて、深《ふか》いため息をついた。

「……死ぬかと思った」

そういうと、ケティは笑った。うう。やっぱり猫にはわかんないんだろうな、この恐怖《きょうふ》。

異世界《いせかい》の空に、風が吹《ふ》き渡《わた》る。その風は、わたしたちの世界に吹《ふ》く風と同じで、でも少し、香《かお》りや柔《やわ》らかさがちがうような気がした。

もっとひんやりとして、もっと草木の香《かお》りがして、もっとつやつやして、もっと……。

空のあちこちで、精霊《せいれい》たちが笑う。その姿《すがた》も歌声も、地上の街《まち》で見るよりも、もっとはっきりとして、あざやかに、いきいきとしていた。ここは、〈精霊界《せいれいかい》〉。妖精《ようせい》たちの世界なんだ。正確《せいかく》には、そのなかのひとつ。わたしたちの世界に重《かさ》なりあって存在《そんざい》している異世界《いせかい》〈精《せい》霊界《れいかい》〉のなかの、ひとつ。それが、〈蒼《あお》の王国《おうこく》〉の城を中心にした、〈蒼《あお》の妖精国《ようせいこく》〉だった。

そんな話を、さっきわたしはきいた。ケティが、わたしに教えてくれた。

わたしのトランクのなかには、妖精《ようせい》の王国《おうこく》があった。王国《おうこく》を守る使命《しめい》を持ったもの、それが〈鍵《かぎ》の守護者《しゅごしゃ》〉と呼《よ》ばれる存在《そんざい》。〈鍵《かぎ》の守護者《しゅごしゃ》〉は、妖精《ようせい》の王国《おうこく》を守る。そのかわりに、王国《おうこく》は、守護者《しゅごしゃ》であるものたちを守り、魔法《まほう》の力をわけてくれる。

異世界《いせかい》の空を、城に向かって飛びながら、わたしは、そっとつぶやいてた。

「わたしは、〈鍵《かぎ》の守護者《しゅごしゃ》〉。そしてここが……あの城が、わたしの守る『魔法《まほう》の城』。〈蒼《あお》の妖精国《ようせいこく》〉」

世界にたくさんあるという妖精《ようせい》の国々のなかで、もっとも強い力を持つ妖精《ようせい》の姫君《ひめぎみ》の国。さっきケティに、この世界の話をきいた。そして、〈鍵《かぎ》の守護者《しゅごしゃ》〉たちのことを。おとぎ話みたいな、古い伝承《でんしょう》の物語を。

人間が暮《く》らすこの世界のすぐそばには、妖精《ようせい》たち幻想世界《げんそうせかい》の住人《じゅうにん》が住《す》む、異世界《いせかい》がある。異世界《いせかい》は、ひとつじゃない。上下左右に幾重《いくえ》にも重《かさ》なりあうようにして、たくさんの世界があるんだって。ひとの目には見えないだけで、不思議《ふしぎ》な世界はひとの街《まち》と重《かさ》なりあって、存在《そんざい》してるんだ。そのひとつ〈蒼《あお》の妖精国《ようせいこく》〉と呼《よ》ばれる異世界《いせかい》が、わたしのトランクのなかにある、ということらしい。

遠い昔《むかし》、わけがあって、人間の世界で暮《く》らすことができなくなった精霊《せいれい》たちが、地上から離《はな》れるため、そして、地上からお別れしないですむように、やっとの思いでこしらえた魔法世界《まほうせかい》のかけらのような場所が、人間の世界の近くにいくつもあるのだそうだ。それが異世界《いせかい》、異世界《いせかい》のかけら、とも呼《よ》ばれる、無数《むすう》の妖精《ようせい》たちの小さな王国《おうこく》だった。

それぞれに、王や女王がすむ城を持つ、小さな異世界《いせかい》が、いくつもいくつも、わたしたち人間には見えない空に、浮《う》かんでるんだそうだ。

ちょうど太陽を惑星《わくせい》がとりまきながらまわっているように、精霊《せいれい》たちの世界は、地球とともに存在《そんざい》し、自転《じてん》している。そうして、精霊《せいれい》たちは、地上の人間たちを見守っているのだそうだ。なぜって？　人間が好きだから。

ケティは、おとなっぽい口調《くちょう》でいった。

「精霊《せいれい》たちの世界は、人間が住む地上を恋《こい》しく思い、恋《こ》い焦《こ》がれながらも、ひとの持つ『負《ふ》のエネルギー』が痛《いた》くて、その世界に近づくことができないの。地上へは帰れない。

地上に生き残ってる精霊《せいれい》たちもいるけれど、それはほんとうに強い、例外みたいな一部の精霊《せいれい》たちだけで、昔《むかし》地上にいた精霊《せいれい》たちのほとんどは、いまはもう地上から離《はな》れて、地上のそばの異世界《いせかい》に住んでいるの。それくらいに、『負《ふ》のエネルギー』は、精霊《せいれい》たちを傷《きず》つけてしまう……」

「えと、『負《ふ》のエネルギー』ってなに？」

ケティは少し考えてから、ゆっくりと、

「昔《むかし》むかし、人間は遠い昔《むかし》にね、精霊《せいれい》たちと同じ世界に生きる『無邪気《むじゃき》な子ども』だったの。『文化《ぶんか》』とか『文明《ぶんめい》』を持つようになる前の人間のことね。野《の》に生きて、海で泳ぎ、他の生き物や精霊《せいれい》たちと、仲良く遊んで暮《く》らしてたの。

でもある日、人間は、『火』を覚《おぼ》え『言葉』を『文字』を覚《おぼ》え、『考える』こと、『学ぶ』こと、『記録する』ことを覚《おぼ》えてしまった。『文明《ぶんめい》』を作りだした。『知恵《ちえ》』を持ち、暗い闇《やみ》を恐《おそ》れず、寒い冬にも凍《こご》えなくなった」

「それは、いいことじゃなかったの？」

わたしは首をかしげる。だって、文化《ぶんか》や文明《ぶんめい》があるからこそ、わたしたちは人間なわけで。長い間続いてきた、文化《ぶんか》や文明《ぶんめい》が、人間を幸《しあわ》せにしてきたんじゃないのかな？　それがあるから、弱くてあんまり力もない人間が、猛獣《もうじゅう》に食べられたりとかせず、寒さに凍《こご》えずに、生きてこられたんじゃないのかなあ？

「うん。そうね。火も文字も、やがて生まれた『鉄《てつ》』も『火薬《かやく》』も、人間を強く、幸《しあわ》せにしていったわ。そして、人間を地上のどんな生き物よりも、強くて賢《かしこ》い、よほどのことがないと死《し》なない生き物に変えてしまった。

でも、人間は強くなりすぎた。自然を、恐《おそ》れなくなったの。知恵《ちえ》や科学《かがく》で、自分の手で、幸《しあわ》せを作りだそうとするようになっていった。人間は昔《むかし》、文化《ぶんか》や文明《ぶんめい》を持たなかった頃《ころ》や、その力がまだ育っていなかった頃《ころ》は、見えない存在《そんざい》に、祈《いの》ったり願ったり、精霊《せいれい》の存在《そんざい》を信じて話しかけたりしてたの。でもそのうちに、ひとは祈《いの》ることをやめて、自分の力だけで夢《ゆめ》を叶《かな》えようとするようになってしまった。

もっと幸《しあわ》せになろう。もっと強くなろう。もっと遠くへ行こう。……そんな願いを、昔《むかし》みたいに祈《いの》るのじゃなく、自分の『力』だけで、むりやりに叶《かな》えようとする存在《そんざい》になった。

人間がそんなふうに『育って』いくのを、精霊《せいれい》たちは、驚《おどろ》きながら、まぶしく見ていたの。いやだったわけじゃない。むしろ、どんどん強くなり、遠くにいく人間たちを、精霊《せいれい》たちは愛《あい》した。自分たちに祈《いの》らずに、人間の力だけで生きようと未来に進《すす》もうとする人間たちを、ほんとうにいとしいと思ってたの。

でも人間は、強くなるかわりに、かつて仲間であり母でありきょうだいだった存在《そんざい》たちを、自然を馬鹿《ばか》にし、切《き》り捨《す》てるようになってしまった。地上に精霊《せいれい》を見なくなり、他の生き物たちを恐《おそ》れず、命を奪《うば》い尽《つ》くしてしまうようになった。

いつか、人間の目には精霊《せいれい》が見えなくなった。光の下ではっきりと見えるものだけを、人間は見つめるようになっていったの」

「妖精《ようせい》なんていないよ」と、人間が笑うたびに、精霊《せいれい》たちの力は失われたんだってケティはいった。そこに目の前にいるのに、気づいてくれない人間の気持ちが悲しくて、精霊《せいれい》は傷《きず》ついてしまう。心が壊《こわ》れてしまう。精霊《せいれい》たちは、それくらいにはかない存在《そんざい》で、それくらいに人間を愛《あい》していたから。

ひとが地上の他の生き物の命を奪《うば》い、必要以上に殺《ころ》すたびに、精霊《せいれい》たちはやはり悲しみのあまり、傷《きず》つき倒《たお》れていった。切り倒《たお》されてゆく森にも、汚《よご》れていく川にも、世界じゅうにあふれるほどに、精霊《せいれい》たちは住んでいたのだけれど、みんな弱って死んでいった。

『難《むずか》しい説明《せつめい》』を省《はぶ》くけれどね、と、ケティはいった。『魔法的《まほうてき》』にいうと、精霊《せいれい》たちの命の力が、地球そのものであり、地球は、精霊《せいれい》たちの祝福《しゅくふく》と祈《いの》りの力が支《ささ》えているんだそうだ。なのに、精霊《せいれい》たちが死んでいけば、地球そのものの生命力《せいめいりょく》も少しずつ失われていく。いつか地球は滅《ほろ》びてしまうだろう。その前に、地上の人間たちは滅《ほろ》びてしまう……。

精霊《せいれい》たちは悲しんだ。自分たちが消えてしまうことよりも、地球が弱っていくことで、地上の生命《せいめい》が滅《ほろ》びることを悲しみ、人間たちのことを思って泣いた。

そして、精霊《せいれい》たちは、それでも、人間たちを愛《あい》し続けた……愛《あい》してくれたんだそうだ。地上と重《かさ》なりあう見えない世界から、この世界を救《すく》えないかと、祈《いの》り、心配し続けてくれた。けれど、そんななかで、あるときから、異世界《いせかい》のかけらのあちらこちらに、少しずつ、人間を恨《うら》み、憎《にく》む精霊《せいれい》たちが生まれ始めた。

『人間が地上に現《あらわ》れるまでは、世界は平和だった。草花も他の生き物たちも、みんな幸《しあわ》せだったのに。人間さえいなければ、地球はこんな風《ふう》にはならなかったのに……』

ほんとうは、精霊《せいれい》たちは、ただ優《やさ》しい存在《そんざい》だった。誰《だれ》かやなにかに傷《きず》つけられても、そんなふうに、憎《にく》んだり、呪《のろ》ったりすることができるような存在《そんざい》じゃなかった、そうだ。

でも長い長い、長い、年月がたつうちに、たぶん精霊《せいれい》たちの心の傷《きず》があまりに深《ふか》かったから、心に闇《やみ》を持つ精霊《せいれい》たちが生まれるようになったんだって。あんまり悲しかったから。

ケティは、自分も悲しそうにいった。

「闇《やみ》の心を抱《いだ》いた精霊《せいれい》たちの、何千何万年分もの悲しみと、怒《いか》りの感情《かんじょう》は、やがて、次元《じげん》の狭間《はざま》に、数匹《すうひき》の竜《りゅう》を生んだわ。そして竜《りゅう》たちはひとの心の闇《やみ》を食べて育った。闇色《やみいろ》の翼《つばさ》を持つ竜《りゅう》は、そうして生まれたの。ひとの世界のそばの、異世界《いせかい》の空に。それは、くるみたちの歴史《れきし》からいえば、中世《ちゅうせい》、おとぎ話や神話《しんわ》にまだ近いような時代のことだった。

だから世界には、人間が悪い竜《りゅう》と戦うおとぎ話が残っているのね」

ああだけど、と、ケティは指を振《ふ》る。

「あの黒い竜《りゅう》はちがうわ。あれは最近生まれたのよ。生まれたときのことを知ってるわ」

「黒い竜《りゅう》って、わたしたちが会った、この街《まち》にきた、あの大きな竜《りゅう》のこと？」

「そう、あいつ。あれは若《わか》いの。まだ子どもの竜《りゅう》」

「こ、子ども？　あの竜《りゅう》、まだ子どもなの？」

あれで若《わか》くて子どもだっていうのなら、おとなの竜《りゅう》ってどれだけ、恐《おそ》ろしいんだろう？

そういうと、ケティはまゆをひそめて、

「強さに年齢《ねんれい》は関係《かんけい》ないのよ。あの竜《りゅう》は若《わか》いけど強い。ちょうどあたしが『長靴《ながぐつ》をはいた猫の一族《いちぞく》』のなかでも、例にないほど、天才的《てんさいてき》に使える従者《じゅうしゃ》だってのと同じくらいにね？」

「そ、そういうものなのかな？」

「そういうものなの」

腕《うで》を組んで、ケティは断言《だんげん》する。

ケティはトランクのなかで眠《ねむ》りながら、次元《じげん》の狭間《はざま》で、黒い巨大《きょだい》な竜《りゅう》が生まれたことを感じたんだそうだ。その竜《りゅう》は、いままで世界に生まれたどの竜《りゅう》よりも、強かった。大きくて、強い魔力《まりょく》を持っていた。からだにたくさんの闇《やみ》をたくわえていた。

「あたしは眠《ねむ》っていたけれど、ちがう次元《じげん》にいたけれど、それでも、ひしひしとその力が伝わってきたの。『強いもの』が生まれたって。

たぶん……それは人間の歴史《れきし》で、この百年ほどの間に、また悲しいことがいくつも起こったからだと思うわ。地上がそうして荒《あ》れたから。人間たちの流した血や涙《なみだ》のせいで」

ケティにいわれて、わたしはうつむく。――闇《やみ》を食べて育つ竜《りゅう》か……。

学校の授業で習ったいろんな戦争のことや、わたしの国や街《まち》であった、いろんな悲しい事件《じけん》や出来事《できごと》や。そういう悲しい歴史《れきし》のなかで、みんなが流してきた涙《なみだ》とか、怒《いか》りの感情《かんじょう》とかが、あの竜《りゅう》の力になったってこと、なんだろうか？　そういう意味なのかな……。

「トランクのなかで眠《ねむ》りながら、そうしてあたしは知ったのよ。猫の勘《かん》で、ぴんときたの」

あの黒い竜《りゅう》はいつか、地上へ降りてくる。風早《かざはや》の街《まち》を襲《おそ》ってくる。そうか、『そのとき』、街《まち》にくる竜《りゅう》から地上を救《すく》うために、過去《かこ》、魔女《まじょ》エルザは時を超《こ》えたんだと……だからもしかしたら、この未来で、懐《なつ》かしいひとと会えるかもしれないと、ケティは気づいた。

そしてそれから、もうひとつきいたこと。風早《かざはや》の街《まち》を、なんで竜《りゅう》がねらうのか、そこに住むひとびとを滅《ほろ》ぼそうとするのか……それには理由があると、ケティはいった。

「この地上のいろんな場所には、遠い昔《むかし》に魔女《まじょ》や魔法使《まほうつか》いたちが張《は》った、〈守りの結界《けっかい》〉が張《は》られた場所がいくつもあるの。

その結界《けっかい》は、異世界《いせかい》の妖精《ようせい》の国々の魔《ま》法《ほう》の力と、地上を結《むす》びつけるための結界《けっかい》なの。人間の世界を守るための守護《しゅご》の結界《けっかい》。結界《けっかい》があると、竜《りゅう》が地上を滅《ほろ》ぼそうとしても、うまく力を使うことができないの。結界《けっかい》には邪悪《じゃあく》な滅《ほろ》びの魔法《まほう》を消して弱める力があるから。

そして、その結界《けっかい》は、その地に住むひとや生き物たちの力を少しずつもらって、存在《そんざい》し続けてるの。——だから、結界《けっかい》の力を弱めるには」

「えっと、結界《けっかい》のそばにいる人間や生き物の命の数が減《へ》ればいい……死なせたり、病気にすればいいいってこと？」

そうか、それで、あの黒い竜《りゅう》は、街《まち》に病気《びょうき》を流行させたのか。わたしは手を握《にぎ》る。

ケティはうなずき、話し続ける。

「世界じゅうのいろんな国にあるその結界《けっかい》は、当然《とうぜん》、この日本にもあるんだけど、この街《まち》、風早《かざはや》の街《まち》には、とくにたくさんあるのよ。それも、強力で絶対的《ぜったいてき》な結界《けっかい》が。この街《まち》は歴史《れきし》的《てき》にいって、きわめて『魔法的《まほうてき》』な意味を持つ街《まち》だから。ふつうにしていても、どこか異《い》世界《せかい》とすれすれにある、『魔法都市《まほうとし》』みたいな街《まち》だったりするわけよ。

住民《じゅうみん》には自覚《じかく》がないかもしれないけどね」

首をかしげながら、わたしはうなずく。

「うん……あんまり」

たとえ、自分が、こうして魔女《まじょ》の子だったとしても。

いきなり、自分が住んでいる街《まち》にはなんだか結界《けっかい》があるとか、魔法都市《まほうとし》だとかいわれて、理屈《りくつ》や説明《せつめい》は少しずつ飲みこめたとしても、すぐになるほど、とか思えちゃうひとっていないよね？　それはそれ、これはこれだもの。

いやまあたしかに……わたしの街《まち》には、不思議《ふしぎ》なうわさや伝説《でんせつ》は多いかもだけど。駅前《えきまえ》商店街《しょうてんがい》のほうに、なんでも売ってる魔法《まほう》のコンビニがあるらしいとか、ささやかな奇跡《きせき》が起きるカフェや古い元ホテルがあるなんて話は……きいたことがあるけど。でもそれって、日本じゅう、どこでもあるような噂《うわさ》じゃないの？　都市伝説《としでんせつ》とかそういうの。

ケティは、話し続ける。

「あの黒い竜《りゅう》は、ほんとうなら、一息《ひといき》で街《まち》を滅《ほろ》ぼしてしまうほどに、強力で凶悪《きょうあく》な力を持つ竜《りゅう》だったの。でもこの街《まち》にはいくつもの、〈守りの結界《けっかい》〉があった。だから、この街《まち》は守られた。結界《けっかい》の力を破《やぶ》るために、竜《りゅう》は、薔薇園《ばらえん》の〈魔法《まほう》の力場《りきば》〉の力を得《え》ようとしたの。ま、それもあたしたちの勇気《ゆうき》ある活躍《かつやく》で、失敗に終わったわけだけどね」

ケティは胸《むね》を張《は》る。

「とにかく、この街《まち》は、〈守りの結界《けっかい》〉によって守られてきた。でも同時に、〈守りの結《けっ》界《かい》〉があるからこそ、またきっと狙《ねら》われるの。結界《けっかい》がある街《まち》は、地上を滅《ほろ》ぼそうとする竜《りゅう》たちにとって、とてもじゃまな存在《そんざい》だから」

「ということは……」

わたしたちは、この街《まち》にいくつかあるっていう、その結界《けっかい》を守りながら、結界《けっかい》を破壊《はかい》しようと攻《せ》めてくるだろう竜《りゅう》と戦《たたか》わなきゃいけないんだろうか？

「ううむ」と、わたしはうなる。パパがパソコンでやってた、ＳＬＧ《シュミレーションゲーム》みたいだ。城や街《まち》を拠点《きょてん》にしながら、攻《せ》めてくる敵《てき》と戦うとか、そういう感じ？　防衛戦《ぼうえいせん》かぁ。

「……でもわたしは、ゲームのキャラクターじゃないんだよね」

ついでにいうと、小説の主人公でもない。「敵《てき》」と遭遇《そうぐう》すれば怖《こわ》いし、戦えばけがをするし、痛《いた》いこともある。死んだりもするだろうし。魔法《まほう》の力があっても、生き返れない。

「ケティ、〈鍵《かぎ》の守護者《しゅごしゃ》〉は、それぞれの守護《しゅご》する、異世界《いせかい》の精霊《せいれい》の王国《おうこく》を守って、邪悪《じゃあく》な竜《りゅう》たちと戦うのが、『使命《しめい》』ってことなんだよね？」

それがいやなわけじゃない。けど。

「ふつうの小学生が、妖精《ようせい》のお姫様《ひめ》を守って、竜《りゅう》とかと戦うって、微妙《びみょう》に無理《むり》がないかな？」

無理《むり》っていうか、怖《こわ》いのは事実《じじつ》だ。

だいじょうぶよ、と、ケティは笑った。

「あなたやわたしだけが戦ってるわけじゃないもの。くるみが、自分の街《まち》の結界《けっかい》とトランクのなかの王国《おうこく》を守るように、世界のあちこちに、自分の王国《おうこく》を守る魔法使《まほうつか》いや魔女《まじょ》たちがいるの。それにね。異世界《いせかい》のかけらを守るかわりに、妖精《ようせい》の城は、あなたを、あなたたちを守り、魔法《まほう》の力をわけてくれるんだから。魔法《まほう》の王国《おうこく》は、魔女《まじょ》たちを守るの」

竜《りゅう》は、人間たちの世界を滅《ほろ》ぼそうとしながら、地上のそばにある精霊《せいれい》たちの国をも滅《ほろ》ぼそうとしていた。異世界《いせかい》の妖精《ようせい》の王国《おうこく》は、滅《ほろ》びの竜《りゅう》から、地上を守ろうとしたからだ。人間の目には、その戦いは見えないのに、ひそかに、精霊《せいれい》たちの王国《おうこく》は、わたしたちの住《す》む地上を守りながら、長い戦いを続けてくれていたんだそうだ……。

人間を愛《あい》し、守ろうとして戦う「良《よ》き」精霊《せいれい》たちと、悲しみのあまり、滅《ほろ》ぼしてしまおうとする「悪《あ》しき」精霊《せいれい》たちと。

精霊同士《せいれいどうし》の、静かな戦いが、もう長い長い間、地上と重《かさ》なりあった世界で、続いていたんだと、ケティはいう。

そして、長い長い戦いのうちに、「良《よ》き」精霊《せいれい》たちを、守ろうとする人間たちが現《あらわ》れた。それが魔女《まじょ》や魔法使《まほうつか》いたちだった。人間でありながら、不思議《ふしぎ》な力を持つ彼《かれ》ら彼女《かのじょ》らは、文化《ぶんか》や文明《ぶんめい》を愛《あい》しながらも、精霊《せいれい》や不思議《ふしぎ》な力の存在《そんざい》を忘《わす》れたり嫌《きら》ったりしなかった。

だから、魔力《まりょく》を持てたのかもしれない。だから、自然や他の命への愛《あい》を忘《わす》れず、精霊《せいれい》たちを見ることができたのかもしれない。

「悪《あ》しき」精霊《せいれい》たちが、「良《よ》き」精霊《せいれい》たちを、邪悪《じゃあく》な竜《りゅう》たちの力をもって滅《ほろ》ぼそうとするとき、そして地上の人間を滅《ほろ》ぼしてしまおうとするとき、魔女《まじょ》や魔法使《まほうつか》いたちは戦った。精霊《せいれい》を守ろうとして。地上を守ろうとして。

「良《よ》き」精霊《せいれい》たちは、その王国《おうこく》の住民《じゅうみん》たちは、彼《かれ》らを〈王国《おうこく》の守護者《しゅごしゃ》〉と呼《よ》んだ。そして彼《かれ》らに、閉《と》ざされた自分たちの住む異世界《いせかい》への〈鍵《かぎ》〉を与《あた》え、さらに強い魔力《まりょく》を与《あた》えた。地上にいまだ住む強力な精霊《せいれい》たちの力を借《か》り、巨大《きょだい》な力の魔法《まほう》を使いこなすための、その呪文《じゅもん》を授《さず》けてくれた。

「良《よ》き」精霊《せいれい》たちの王国《おうこく》とそれを守る魔女《まじょ》や魔法使《まほうつか》いたちと、「悪《あ》しき」精霊《せいれい》たちと、その生みだした邪悪《じゃあく》な竜《りゅう》たちと。

人間の住む世界の存在《そんざい》を守ろうとするものたちと、消し去ろうとするものたちと。

ふたつの力の戦いは、長く続いた。

そして、地上を守る戦いのなかで、精霊《せいれい》たちの中心になったのが、〈蒼《あお》の妖精国《ようせいこく》〉だった。〈蒼《あお》の妖精国《ようせいこく》〉は、守護者《しゅごしゃ》の魔女《まじょ》が持つトランクのなかに隠《かく》されていた。一族《いちぞく》の魔女《まじょ》たちは、トランクを抱《だ》いて旅しながら、王国《おうこく》を守り、「悪《あ》しき」精霊《せいれい》たちと戦った。

戦いながら、世界の各地《かくち》にある魔法《まほう》の結界《けっかい》と、他の『鍵《かぎ》の守護者《しゅごしゃ》』を訪《たず》ね、ともに戦ったりもした。

わたしのひいおばあちゃん、魔女《まじょ》エルザは、その長い旅の途中《とちゅう》に、風早《かざはや》の街《まち》に降り立ったんだ、そうだ。

なんでエルザさんはここで旅をやめようと思ったんだろう、と、わたしは思う。エルザさんは、港に降り立ったとき、子猫のケティとふたりきりだったっていう。家族はいなかったんだろうか？　ひとりぼっちだった？　さみしかった、のかな？　長い旅に疲《つか》れていたのかな？　『鍵《かぎ》の守護者《しゅごしゃ》』として、戦うことに疲《つか》れていたのかな？　逆《ぎゃく》に、魔法《まほう》の結界《けっかい》がたくさんあるこの街《まち》で、よしこの街《まち》を自分の陣地《じんち》に決めた、ここで

「敵《てき》」を迎《むか》え撃《う》って戦ってやろうじゃないか、とか、はりきっちゃったのかな？

それとも、この街《まち》がほんとうのほんとうに気に入ったのかな？

ここにずっといたいって思うくらいに、優《やさ》しいひいおじいちゃんのことが好きになったのかな？　港でドイツ語で話しかけてくれた、懐《なつ》かしい故郷《こきょう》の言葉で話しかけてくれた、すてきな若者《わかもの》を好きになっちゃったのかな？

わたしにはわからない。そのひとにきく機会《きかい》も、もう永遠《えいえん》にない、たぶん。

でも、きっといろんな理由があって、エルザさんはさすらいの旅をやめ、精霊《せいれい》の王国《おうこく》が入ったトランクとともに、西風早《にしかざはや》の街《まち》で暮《く》らすことを選《えら》んだんだろうと思った。

そしてそれできっと、よかったんだ。

ひいおばあちゃんは、幸《しあわ》せだった。

旅の最後の場所を、この街《まち》にしてよかったって思ってくれたんだって、わたしは思う。

ううん。知ってる。

だからきっと、あの笑顔《えがお》の写真がある。

いま、異世界《いせかい》の夜空の風に吹《ふ》かれながら、城へと空をいきながら、わたしは思う。あのとき、黒い竜《りゅう》は逃《に》げてしまった。あの場を離《はな》れて、どこかにいっちゃった。たぶんどこかの異次元《いじげん》の空へ。人間の世界ととても近いけれど、見えない場所へ。

そして、薔薇園《ばらえん》に結界《けっかい》は張《は》られたけれど、でも竜《りゅう》はまたいつかきっと、この街《まち》にもどってくるだろう。〈守りの結界《けっかい》〉のある風早《かざはや》の街《まち》を滅《ほろ》ぼすために。そして、人間の街《まち》を守る、精霊《せいれい》の女王《じょうおう》の国、わたしの持つトランクのなかの異世界《いせかい》、〈蒼《あお》の妖精国《ようせいこく》〉を滅《ほろ》ぼすために。

〈蒼《あお》の妖精国《ようせいこく》〉の城は近づく。

わたしたちは、異世界《いせかい》の月の光を浴《あ》びながら、透《す》き通る城へ、その中庭へと下りていく。

ガラスなのかな水晶《すいしょう》なのかな、氷みたいに透明《とうめい》に透《す》き通るその城は、わたしたちが近づくと、わたしたちの姿《すがた》を、ゆらゆらと城に映《うつ》した。たまに夜風が光る。蛍《ほたる》のように小さな光が近づいてきては遠ざかる。よく見なくてもそれは、小さなかわいらしい妖精《ようせい》たちだっ

た。青や銀の蝶《ちょう》みたいな羽を背中《せなか》につけて、踊《おど》るみたいに、月の光のなかを飛んでいた。
「絵本みたい」
ママが外国の絵本が好きだったから、うちには古い妖精《ようせい》の絵本がたくさんあった。
絵本の世界がそのままそこにあるみたいだ。

絵のように美しくて、でも、絵本とこの世界がちがうのは、空気と風がひんやりと冷たいって感じることと、たまにかすかな精霊《せいれい》の奏《かな》でる音楽がきこえるっていうあたり、かな。

小さな銀の薔薇《ばら》が咲《さ》き誇《ほこ》るその庭は、夢《ゆめ》で見たまさにその場所。夢《ゆめ》の通りに、庭にはあずまやがあり、そして、金の髪《かみ》に銀の王冠《おうかん》、きらめくドレスのお姫《ひめ》様が、静かに眠《ねむ》ってた。

わたしがそばにそっと立つと、目が開いた。

きれいに澄《す》んだ、緑色の瞳《ひとみ》だった。

「見ていました。眠《ねむ》りながら、幸《しあわ》せな夢《ゆめ》で」

カナリアみたいな、かわいい声だった。

姫君《ひめぎみ》は、そっと、ほほえんだ。

「ひとの子よ。小さな魔女《まじょ》よ。ありがとう。

黒い竜《りゅう》は空を去り、街《まち》は守られたのですね。ほんとうにようございました」

わたしより少しだけおとなに近いくらいの年齢《ねんれい》に見えるそのひとは、にっこりと笑う。

西洋《せいよう》の骨董《こっとう》のお人形さんみたいに、きれいで、そして、すぐ壊《こわ》れてしまいそうに見えた。

優《やさ》しい笑顔《えがお》は、エルザさんに、そしてわたしのママに、どこか似《に》ているような気がした。

白い手が、そっとわたしへと伸《の》びる。

「くるみ。新しい〈鍵《かぎ》の守護者《しゅごしゃ》〉よ。これからあなたに幸《しあわ》せな日々が多くありますように。あなたがわたしの小さな王国《おうこく》を守護《しゅご》してくれるように、わたしもまた、あなたを命かけて守り、守護《しゅご》を与《あた》えましょう……」

わたしの胸《むね》には、金の鍵《かぎ》が光る。魔法《まほう》の力を持つペンダントに、そのひとの指がふれると、星のような光がはじけた。

妖精《ようせい》の姫君《ひめぎみ》の目に、ふと、涙《なみだ》が流れた。

「ごめんなさいね、ごめんなさい。わたしにもっと力があったなら、街《まち》を守ることができたなら、あんな恐《おそ》ろしい病《やまい》を街《まち》にはやらせることはなかったのに……恐《おそ》ろしい黒い竜《りゅう》を、街《まち》に近づけたりはしなかったのに」

わたしの胸《むね》は痛《いた》んだ。

わたしはケティからきいて知ってたんだ。いま、このお姫《ひめ》様が、こんなふうに弱っているのは、横たわっていることしかできないのは、ひとの文明《ぶんめい》が地球を傷《きず》つけたせい、そして、竜《りゅう》たちから地上を守る、誰《だれ》も知らない長い戦いで疲《つか》れ果《は》てているからだって。

わたしはそっと、おひめさまの白い手をとった。壊《こわ》れやすい宝物《たからもの》や貝殻《かいがら》を手にとるように、大事に自分の手の上にのせた。

そして、異世界《いせかい》の月の光の下で、誓《ちか》った。

「お姫様《ひめ》、いままでありがとうございます。あの、わたしは……わたしと、たくさんの人間たちは、あなたたちの戦いを知りませんでした。自分たちの文明《ぶんめい》が……あなたたちを傷《きず》つけてきたことも。でもわたしは……これからは、もうそのことを忘《わす》れません。

わたしがこれからは、あなたを守ります」

〈鍵《かぎ》の守護者《しゅごしゃ》〉として。

ケティが、一角獣《いっかくじゅう》が、わたしのそばにいた。ふたりとも、そっと、身《み》をかがめて、美しい姫君《ひめぎみ》にお辞儀《じぎ》をした。

わたしは、こんなふうにして魔女《まじょ》になり、魔法《まほう》の杖《つえ》を手にし、〈鍵《かぎ》の守護者《しゅごしゃ》〉になった。ふつうの小学生だったはずなのに、十一歳《さい》の誕生日《たんじょうび》を境目《さかいめ》に、物語の主人公みたいな、生きかたをすることになってしまったってわけ。

でも、いまふりかえってみて、それが嫌《いや》かというと……。

そんなことは、絶対《ぜったい》にない。

わたしは、あのあと、王国《おうこく》から地上の世界にもどってきてから、夜明けの頃《ころ》には、また西風早町《にしかざはやまち》の薔薇園《ばらえん》にもどった。

そして、金のペンダントから杖《つえ》を呼《よ》びだして、魔法《まほう》を使った。

魔女《まじょ》として魔法《まほう》の杖《つえ》を使う、初めての魔法《まほう》。

それは、呪文《じゅもん》をケティに教わって唱《とな》えた、癒《いや》しの魔法《まほう》だった。

あの黒い竜《りゅう》の呪《のろ》いの魔法《まほう》で傷《きず》ついた、すべての命が癒《いや》されますように。ひとも動物たちも小鳥も草花も木々も、みんな元気になりますように。死んでしまったツバメや、枯《か》れた草花はもうよみがえらないけれど、でも、助かるだけのすべての生命《せいめい》に、癒《いや》しの魔法《まほう》を。

薔薇園《ばらえん》の薔薇《ばら》のなかで、わたしは祈《いの》った。金色の杖《つえ》は、まばゆい金色の光を放《はな》つ。

地平線《ちへいせん》の雲が、夜明けの太陽の金色に染《そ》まりながら、のぼってきた。光の色は、魔法《まほう》の杖《つえ》の光の色と似《に》ていた。そして、妖精《ようせい》の王国《おうこく》のお姫《ひめ》様の髪《かみ》やドレスの色にも。

鳥たちがうたう。

朝の風が地上を空を吹《ふ》き渡《わた》り、そしてわたしは、風のなかに混《ま》じる精霊《せいれい》たちの嬉《うれ》しそうな笑い声で、わたしの魔法《まほう》の力が、街《まち》に届《とど》いたことを知ったのだった。


わたしは〈鍵《かぎ》の守護者《しゅごしゃ》〉になった。

これから先、どんなことが待っているのか、正直《しょうじき》、さっぱりわからない。

きっと黒い竜《りゅう》はまた街《まち》を襲《おそ》ってくるだろう。またあの、恐《おそ》ろしいけどどこか悲しい目と、見つめ合うときがくるんだろう。

ネズミと戦った雨の日、あの怖《こわ》かった経験《けいけん》よりも、もっと怖《こわ》いことが、待っているのかもしれない。

でも、わたしは、それでも前に進《すす》む。

手にした力を、手放《てばな》しはしない。

戦い続け、守り抜《ぬ》いてみせるんだ。

大切な街《まち》を。大切な命を。

わたしは負けない。負けるもんか。

だってわたしは魔女《まじょ》。〈鍵《かぎ》の守護者《しゅごしゃ》〉。

こんなふうに、大事ななにかを守るための「力」を、わたしはずうっとほしかったんだ。

だから、がんばる。がんばってみるさ。


夜明けの公園で、握《にぎ》り拳《こぶし》を作るわたしを見て、ケティが苦笑《くしょう》しながら肩《かた》をすくめた。

「だいじょうぶよ。あたしがあなたを守ってあげるから。ね？　ご主人様？」

「それ、やめようよぅ。友だちでいいよ」

「どうしよっかなあ」と、ケティは笑う。そばで一角獣《いっかくじゅう》も楽しそうだった。

わたしたちはそうして、朝の街《まち》を見つめた。

朝の光につつまれた街《まち》は、昨日《きのう》の夜景とはまたちがった姿《すがた》に見えた。ちがう場所みたいだ。

でもやっぱり街《まち》はきれいだった。

日の光にきらめくビルのガラスや、走っていく車たち、輝《かがや》く海、光る波みたいに続く家々の屋根瓦《やねがわら》が、まぶしいくらいに輝《かがや》いてて。空には、鳩《はと》が大きく輪《わ》を描《えが》いて飛んでいて。高い空には、飛行機と飛行船。

金色の空は、やがて朝焼けの赤に染《そ》まる。

今日もよく晴れるんだろうな。

わたしは、まぶしさに目を手でかばいながら、ほんとうに、きれいな街《まち》だなって思った。

うん。わたしはこの街《まち》が、大好きだ。

そしてわたしは朝の光の中に、ママのまなざしを見た。笑顔を見た。口のはしをきゅっとあげて、がんばれって応援《おうえん》してくれてるほほえみを。そのとき、たしかに見たんだ。

わたしは空に杖《つえ》をかざす。遠くの世界にいるひとに、がんばるよって笑顔をかえした。


翼《つばさ》ある一角獣《いっかくじゅう》に乗ったわたしたちは、二階の窓《まど》から、子ども部屋にもどった。

一角獣《いっかくじゅう》は床《ゆか》におりるなり、もとの古いぬいぐるみにもどった。青いガラスの目だけが、『楽しかったですね』と、ほほえんで話しかけてきた。

そして、わたしとケティは、ベッドで少しだけ眠《ねむ》った。子猫の姿《すがた》にもどったケティは、わたしの腕枕《うでまくら》で、くうくうと、気持ちよさそうに寝《ね》てた。

オルゴール時計が、時を告げる。わたしは起きあがり、なんとか着替《きが》えた。ベッドに眠《ねむ》ってるケティを残したまま、一階のキッチンに下りていった。

ね、眠《ねむ》い……。階段を下りる足がふらつく。目をこすりながら、のれんをくぐる。

「おはよ、パパ……」

さすがに寝不足《ねぶそく》だけど、お日様の明かりと、パパが作る朝ご飯《はん》のいいにおいに……ああ、今朝《けさ》はバターたっぷりのスクランブルエッグだ……いれたてのコーヒーの香《かお》りをかいでいると、幸《しあわ》せな気持ちで、ふわっと目が覚《さ》めた。

「お誕生日《たんじょうび》の朝、おめでとう、くるみ」

窓《まど》越《ご》しの朝日のなかのパパの笑顔が、すてきにまぶしい。

「ありがと、パパ。それから、プレゼントに一角獣《いっかくじゅう》をありがとう。大事にするね」

「いい友だちになれそうかい？」

「もちろん」

テーブルに座《すわ》って、作りたてのカフェオレを飲む。湯気《ゆげ》が立って、ミルクの香《かお》りがして、蜂蜜《はちみつ》があまぁい、とってのおきのカフェオレだ。

パパがいる流しのテーブルには、レモンパイがのっている。えへへ。作りたてのレモンパイ。わたしの誕生日《たんじょうび》のためのとっておきのケーキ。ああなんてすてきな朝なんだろう。

「……けど、眠《ねむ》い」

ほどよい甘《あま》さで眠気《ねむけ》が復活《ふっかつ》してきた。わたしはふらふらしながら、カフェオレを飲む。キッチンでパパが開店準備《じゅんび》のためにお皿を洗《あら》っている音を、音楽みたいにききながら。

「……眠《ねむ》い。けど、まだ絶対寝《ぜったいね》ないぞ……」

あのレモンパイを一口食べるまでは、十一本のろうそく立てて、ふっと吹《ふ》き消すまでは、わたしは絶対《ぜったい》に寝《ね》ないんだ。まあね。食べたら、即《そく》二階にあがって、寝《ね》ちゃうけどね。なんてったって、今日も学校はお休みなんだもん。

三日間の予定だった学校閉鎖《がっこうへいさ》。明日まではお休みのはず。不謹慎《ふきんしん》かもだけど、今日もまだ余裕《よゆう》で学校はお休みだ、ラッキー。

ほんとはね、もう必要のないお休み。誰《だれ》にもないしょで、誰《だれ》も知らないことだけど。

わたしが街《まち》から、魔法《まほう》で病気を追いはらっちゃったから、たぶん、もうみんな元気になっちゃってる。入院《にゅういん》していたひとたちも、寝《ね》こんでいたひとたちも、今朝《けさ》にはみんなすっきりして起きあがってるはずだ。『悪質《あくしつ》な風邪《かぜ》』の流行は終わった。めでたしめでたし。

「……今日はレモンパイ食べて、思いきり、お昼寝《ひるね》してやる」

なんて素敵《すてき》な誕生日《たんじょうび》。街《まち》のためにがんばったんだもん。休暇《きゅうか》と思ってもいいかななんて。

ほにゃっと笑ったとき、パパがいった。

「くるみ、その子猫はどうしたんだい？」

「え？　……子猫？」

ぱっと目が覚《さ》めた。

テーブルの上に、いつのまにか、ちんまりと子猫の姿《すがた》のケティがいて、ごきげんな様子で、クロワッサンのしっぽをかじっていた。

わたしと目があうと、猫の笑顔で笑う。

「ああ、ええと……これはわたしの従者《じゅうしゃ》、じゃない、新しいお友だちで、その……」

うわあ、どうしよう？　正直《しょうじき》、ケティのことは、パパにはいえないな、と思ってたんだ。ないしょでわたしのお部屋にいてもらおうかとか。いやいつかはいおういわなくちゃとか思ってたんだけど、どう説明《せつめい》するか、よく考えてからにしようって。

だって、わたしはやっぱり魔女《まじょ》でした、とか、トランクのなかに妖精《ようせい》の王国《おうこく》が、とか、時を超《こ》えてきた、ひいおばあちゃんと薔薇園《ばらえん》で会いました、とか……ふつうの大人がきいたら、絶対《ぜったい》に信じてくれないだろうと思うし……。

パパがタオルでぬれた手をふきながら、ふと、いった。

「くるみ、友だちがほしかったんだね？」

「え？」

「猫を飼《か》いたいなら、飼《か》ってもいいよ」

「え？　ええ？」

パパは、優《やさ》しい笑顔《えがお》でほほえんだ。

「いままでずっと、パパはくるみが猫を拾ってきても、うちはお店をしているから飼《か》えないよ、ごめんね、って、猫が好きなおうちをさがして、里子《さとご》に出していたよね。それで何回も、くるみを泣かせてしまったりもした。

でも、ゆうべの夜中にね、パパは思ったんだ。うちにはパパとくるみしか家族がいない。ゆうべみたいにパパがお仕事で忙《いそが》しかったりして、一日くるみと話せないときに、くるみは一日、家でひとりぼっちになってしまっていたんだな、って。いままでずっとそうだったんだよな、って。どんな日でも。嬉《うれ》しい日も悲しい日も、誕生日《たんじょうび》だったとしても」

「えっと、でも、それは……」

しかたないし、って笑おうとしたけど、少しだけ悲しい笑顔になったのがわかっちゃった。わたしも修行《しゅぎょう》がたりないなあ。

パパは、エプロンの腰《こし》に手を当てた。

「それに考えてみれば、くるみももう今日で十一歳《さい》だ。子猫の世話《せわ》も自分でできるだろう。だから、そのかわいい子猫を、もしくるみが飼《か》いたいなら、家においてもいいよ。そのかわり、なるべく店のほうには子猫がこないようにしてくれるかな？　ここはカフェで、食べ物もあつかってるし、猫アレルギーのお客様もたまにいらっしゃるからね」

「ありがとう、パパ」

わたしがいうのと同時に、ケティがかろやかにはねあがり、パパの肩《かた》に乗った。そしてぺろっとパパのほっぺたをなめて、笑った。
「……チェシャ猫みたいだな」
ははは、と笑いながら、パパはどこか不思《ふし》議《ぎ》そうにケティを見る。パパに見えないように、ケティが肉球《にくきゅう》のある前足でVサインを作って、わたしに見せていたことには……どうやら気づかなかったみたいだったけど。

そんなふうにして、魔女《まじょ》としてのわたしの新しい日々は始まった。
街《まち》を守るために、ひそかに戦う日々が。

でも、わたし自身《じしん》は、そんなに変わったってことはない。うん。たぶんね。

お話の主人公みたいな設定《せってい》の小学生になったからって、性格《せいかく》が変わるわけでもないし。

あ、たったひとつちがったのはね。

わたし、ホットケーキを焼くのが上手《じょうず》になったんだ。

といっても、前よりもちょっとは上手《じょうず》になったかな、って、くらいのことなんだけど。

でも、ケティの分とわたしの分と、二枚《まい》、おやつに焼いたら、ケティはほめてくれた。

「ホットケーキミックスを使って焼いたパンケーキ？　ちょっと邪道《じゃどう》じゃないかって、あたしは思うんだけど？　……あら、おいしい」

なんてふうにね。

ホットケーキ。魔法《まほう》を覚《おぼ》える前よりも、少しだけ丸く、少しだけきつね色に近く、少しだけ美味《おい》しく、わたしは、焼けるようになったの。

それは、「祈《いの》る」ことを覚《おぼ》えたから。

たぶん、そうなんだ。

美味《おい》しい美味《おい》しいホットケーキを、わたしの大事な友だちのケティと食べることができますように。そんなふうに思いながら、わたしはホットケーキを、大事に大事に、焼く。

それがいまのわたしの、とっておきに、楽しくて、幸《しあわ》せな時間だったりするんだ。

村山早紀（むらやまさき）

1963年長崎県生まれ。『ちいさいえりちゃん』で毎日童話新人賞最優秀賞受賞、同作品で第四回椋鳩十児童文学賞を受賞。「シェーラひめのぼうけん」「新シェーラひめのぼうけん」（共に童心社）『砂漠の歌姫』（偕成社）『はるかな空の東』（小峰書店）、『コンビニたそがれ堂』『その本の物語』（ポプラ文庫ピュアフル）『黄金旋律』（PHP 文芸文庫）『花咲家の人々』『竜宮ホテル』（徳間文庫）『かなりや荘浪漫』（集英社オレンジ文庫）『ルリユール』（ポプラ社）など作品多数。

巣町ひろみ（すまちひろみ）

埼玉県越谷市出身。漫画家兼イラストレーター。スマートフォン向けゲームや、TRPG関連書籍のイラスト、ティーンの女の子向け漫画などを手がける。趣味はTRPGとお酒。

くるみの冒険 ――①魔法の城と黒い竜

2016年3月1日　第一刷発行

著 者 …………………… 村山早紀
絵　 …………………… 巣町ひろみ
装 丁 …………………… 岡本歌織（next door design）
発行所 ………………… 株式会社 童心社　〒112-0011 東京都文京区千石4-6-6
電話 03-5976-4181（代表） FAX 03-5978-1078
http://www.doshinsha.co.jp/
印 刷 …………………… 株式会社 光陽メディア
製 本 …………………… 株式会社 難波製本

ISBN978-4-494-02045-4　190p
19.4cm×13.4cm　NDC913
Published by DOSHINSHA　Printed in Japan